Über die Verfasserin

Brigitte Schwaiger, geboren am 6. April 1949 in Freistadt/Oberösterreich als Tochter eines Medizinalrats, unterrichtete nach ihrem Studium Deutsch und Englisch in Spanien, malte und bildhauerte nebenher, kam über die Pädagogische Akademie zum Theater und zuletzt zum Schreiben. Sie verfaßte die Theaterstücke «Nestwärme» und «Liebesversuche», die Einakter «Die Klofrau» und «Büroklammern» sowie die Hörspiele «Steirerkostüm», «Murmeltiere», «Die Böck', die Kinder und die Fisch» und «Wie ein eigenes Kind». Ihr Erstlingsroman «Wie kommt das Salz ins Meer» (rororo Nr. 4324) wurde zu einem sensationellen Erfolg, in mehrere Sprachen übersetzt und von Peter Beauvais fürs Fernsehen verfilmt. Viel beachtet wurden auch ihr Prosaband «Mein spanisches Dorf» (rororo Nr. 4657), das Buch des Abschieds von ihrem Vater «Lange Abwesenheit» (rororo Nr. 4950) sowie ihre Dialoge mit Arnulf Rainer «Malstunde» (rororo Nr. 5361), nicht nur ein Porträt dieses Enfant terrible der Kunstszene, sondern auch ein Versuch, den Leser in die Geheimnisse der modernen Kunst einzuweihen. Über ihr mit Eva Deutsch geschriebenes Buch «Die Galizianerin» (rororo Nr. 5461) schrieb die «Frankfurter Rundschau»: «Berichte von Opfern der Nazis gibt es viele. Keiner übertrifft diesen an Unmittelbarkeit.» In ihrer Beichte «Der Himmel ist süß» (rororo Nr. 5749) erzählt sie von den Schwierigkeiten eines heranwachsenden Mädchens und umkreist damit erneut ihr Thema von der Scheinheiligkeit bürgerlicher Verhältnisse. Der Frauenroman «Schönes Licht» (rororo Nr. 12983) ist zugleich eine Satire auf den Kulturbetrieb. Ihre Erzählungen «Liebesversuche» (rororo Nr. 12783) «zeugen von einer staunenswerten Kenntnis des Alltäglichen, die die Autorin in die Nähe Ödön von Horváths rückt» (Die Welt).
Brigitte Schwaiger lebt in Wien.

Brigitte Schwaiger

Tränen
beleben den Staub

Roman

Mit Texten von
Ulrike Klepalski

Rowohlt

Veröffentlicht im Rowohlt Taschenbuch Verlag GmbH,
Reinbek bei Hamburg, April 1993
Copyright © 1991 by Langen Müller in der F. A. Herbig
Verlagsbuchhandlung GmbH, München
Umschlaggestaltung Nina Rothfos (Foto: Elke Hesser)
Gesetzt aus der Baskerville (Linotronic 500)
Gesamtherstellung Clausen & Bosse, Leck
Printed in Germany
990-ISBN 3 499 13194 3

Laßt mich weinen.
Tränen beleben den Staub.

Johann Wolfgang von Goethe
West-östlicher Diwan

Luise kam nur schwer darüber hinweg, daß Paul sie verlassen hatte. Sie unterzog sich einer Psychoanalyse, wurde es aber müde, immer nur von sich selbst und ihrer Kindheit zu sprechen.
Sie fing an zu beten, als Hugo in ihr Leben kam. Aber sie war dem lieben Gott, der ihr diesen netten Nachfolger beschert hatte, nicht dankbar.
Lieber Gott betete sie, was soll ich mit dem Hugo tun, ich denke immer an Paul, und der Paul kümmert sich nicht um seine Tochter, aber Hugo nimmt sich um meine kleine Susi an, als wäre sie sein Kind.
Luise hatte Hugo bei einer Demonstration kennengelernt, zu der sie gegangen war, weil sie unter Menschen sein wollte. Hugo war politisch engagiert, er lenkte sie von Paul ab.
Es war wieder so ein Sonntag, an dem Hugo Susi zu sich nach Hause mitgenommen hatte, und Luise, so froh sie war, endlich ohne Mann in der Wohnung und ohne Kind zu sein, sehnte sich doch nach ihrer Tochter.
Ruf mich an, hatte sie Paul in Gedanken oft beschworen, laß dich nicht verleugnen, wenn ich dich im Theater oder in deiner Wohnung erwische, ruf mich an, erkläre, sage ein Wort nur, das eine, das erklärende. Du hast mir nichts erklärt, hast einfach gesagt, daß du gesehen hast, es geht nicht mit uns. Es muß doch mehr Worte geben. Wir müs-

sen ja nicht nächtelang diskutieren, wie du das nennst. Du hast mir deinen Grund nicht genannt, ruf doch an, sage ihn mir am Telefon, wenn du mir keinen Brief schreiben willst, nur das Wort, das eine. Laß meine Liebe zu dir nicht bitter werden. Wir haben das Kind, laß mich dich nicht hassen in meiner Verzweiflung, ich habe doch eine Hälfte von dir in meiner Tochter. Ich brauche mein Kind, es gibt niemanden auf der Welt, der mir wichtiger wäre. Ich habe doch, damit ich mein Kind nie hasse, alle meine bösen Gedanken an dich in gute verwandelt. Laß mich keine bittere, giftige Alte werden, laß mich keine geifernde Frau sein! Erkläre mir! Damit ich Susi erklären kann, warum du nicht mehr kommst.
Flüchten, dachte sie gegen ihren Willen oft, wenn Hugo sie liebte. Nicht mehr in dieser Stadt leben. Neue Menschen. Neue Gesichter.
Hugos Schweißperlen tropften auf ihre Wangen, während sie sich bemühte, nicht an Paul zu denken, und sie wischte verstohlen mit einem Polsterzipfel über ihr Gesicht. Mit Susi einfach fortfahren, dachte sie, und dann rief sie sich, mitten im Liebesakt – Hugo war ja so gut zu ihr, wirklich zärtlich – zur Ordnung, hatte aber wieder Pauls Blick vor ihren Augen, wenn sie zur Seite schaute, konzentrierte sich darauf, daß sie morgen Bankauszüge ordnen und ihre Steuerberaterin anrufen würde. Alle lästigen Sachen morgen erledigen, nahm sie sich vor.
Luise! Luise! Luise! schrie Hugo.
Sie legte ihm beide Hände auf den Mund.
Paul, ich bitte dich, schreib mir einen Brief, beschimpfe mich, mach mich zur Sau, geh auf ein Gericht, reich eine Klage ein, falls ich dir irgend etwas getan habe, was gegen dein Recht als Mensch verstieß. Nenne mich etwas Gemeines, damit nicht ich mich in tausend Sekunden, in denen

ich jede Nacht an dich denke, etwas Gemeines nenne und meine Niedertracht, die ja vielleicht wirklich erwiesen ist, gegen mich selbst wende. Beleidige mich, damit ich mich nicht selbst beleidige und Fehler suche, wo keine waren. Hasse mich wenigstens, damit meine Eigenliebe wieder erwacht.

Du bist die einzige Frau, sagte Hugo, mit der ich es so gut kann: alles vergessen. Da bist nur du, nicht einmal ich bin mehr da. Du klammerst dich nicht an mich, du bist so ruhig, so kühl, so gelassen, ich könnte dich fressen.

Sag das nicht, bat sie. Das hatte Paul einmal gesagt.

Du weckst ganz schön wilde Phantasien in mir, sagte Hugo.

Was für Phantasien? fragte sie.

Pst. Frag nicht.

Ich möchte es aber wissen! Er lenkte sie so schön ab.

Nein, das werde ich dir nicht sagen. Nie! betonte Hugo, und dann wieder der Schrei: Luise! Sie mochte Hugo wirklich, und vielleicht war das Gespenst Paul eines Tages vertrieben. Aber sie wollte ihn ja gar nicht vergessen...

Jetzt konnte sie Hugo nicht antelefonieren und seine Idylle mit Susi stören. Sie wußte, er war nicht zu Hause. In seinem Schrebergarten spielten die beiden so unbekümmert, wie Paul und Luise wegen der ständig wachsenden Spannungen nie mit dem Kind gewesen waren. Luise fühlte sich schuldig. Sie wußte immer weniger, warum Paul sie verlassen hatte, und sie bildete sich ein, Gottes Stimme zu hören. Tief in ihrem Inneren selbstverständlich nur.

Du sollst Hugo nicht mißbrauchen, sagte ihr die Stimme. Beweise ihm, daß du ihn achtest für alles, was er für dich und deine Tochter tut.

Aus Angst, vor lauter ungläubigem Beten noch verrückt zu werden, ging Luise auf die Straße.

Der Tag war leer, die Häuser hoch. Fenster schienen auf sie zu blicken wie riesige, in die Länge gezogene Augen. Mit hochgezogenen Brauen.

Luise, die Betty einmal bereits gerne vergessen hätte, war plötzlich froh, daß sie Pauls Mutter sah. Sie stand neben einem kleinen Auto. Luise näherte sich ihr, erkundigte sich höflich nach ihrem Befinden, behauptete, daß es ihr selbst sehr gut gehe. Und sie fragte, wie es Pauls Großmutter gehe, der Ärmsten.

Betty unterdrückte ein Schluchzen. Oder zumindest sah es für Luise so aus, als wolle die ewig Junggebliebene jeden Moment weinen.

Kurzerhand bot Luise an, Betty zur Großmutter zu begleiten.

Pauls Großmutter lag in einem Pflegeheim. Alte Menschen waren dort. Kranke. Sehr alte.
Die Großmutter hieß Eugenie. Sie hatte Schauspielerin werden wollen, das erzählte sie damals, als Paul von seiner Familie die Erlaubnis bekommen hatte, Luise vorzustellen. Wenn ich in die Schule ging, hatte die vornehme Dame mit der dunklen Stimme sich damals herabgelassen, zur künftigen Schwieger-Enkelin zu sprechen, bin ich jedesmal vor dem Burgtheater ein wenig stehengeblieben. Und ich hab mir gedacht: Eines Tages werde ich dort drinnen spielen. Ich hab die Schauspieler gesehen, und ich bin noch mit der Schultasche auf dem Rücken unterwegs gewesen. Mein Gymnasium war nämlich im ersten Bezirk. Aber das waren eben meine Jugendträume. «Das Wunschkind» von Ina Seidel sollten Sie lesen, mein liebes Kind. Kennen Sie diesen Roman? «Das Wunschkind»! Die alte Dame hatte das sehr betörend gesagt. Natürlich wünschte Luise sich ein Kind von Paul. Schon um sicher zu sein, daß er sie nie verlassen würde.
Seine Familie war elegant, hatte vornehme Vorfahren. Luise selbst fühlte sich zwar nicht zum Theater hingezogen, verstand aber, daß Paul als Schauspieler Karriere machen wollte. Überhaupt hatte sie für alles Verständnis, was ihn betraf. Damals. Erst nach Susis Geburt war plötzlich alles anders geworden.

Jetzt lag Pauls Großmutter in diesem Altersheim, das zugleich ein Spital war. Noch nie war sie in so einem Gebäude gewesen, wo Alter und Krankheit, Gebrechlichkeit und Verlassenheit einen aus trüben, halb geschlossenen Augen anschauten. Sie war nur einmal in einem Spital gewesen, bei der Geburt der Susi, Pauls Tochter. Jetzt war der Kerl fort, sie begann ihn wieder zu hassen, diesen Nichtsnutzigen, sie kam nicht darüber hinweg, irgend etwas war krankhaft an ihr, Paul hatte es selbst gesagt: Du bist krankhaft von mir abhängig! Aber sie liebte ihn. Noch immer. Es war so einfach.

Einmal hatte Luise Pauls Tante getroffen, die stramme Olga, den «Familiendragoner», wie Paul sie nannte. Die Olga, die schnapselt, ansonsten verlor er über seine Familie kaum ein Wort. Luise war schon früher einmal mit Betty zu Pauls Großmutter gegangen. Zum Glück mußte sie das Spital nicht betreten, die Besuchszeremonie spielte sich im Park ab.

Töchter können mitunter sehr streng sein! sagte damals die angeblich vollkommen verkalkte Dame. Betty war gerade ein paar Schritte weggegangen, um einen Herrn auf einer anderen Sitzbank zu fragen, ob er Streichhölzer habe.

Luise war Betty dankbar, daß sie sie mitgenommen hatte. So konnte sie Tante Eugenie sehen. Auch wenn die alte Dame sie nicht erkannte, sah Luise doch ihr schönes, strenges Profil, ihr weißes, starkes Haar, hörte die dunkle Stimme, fühlte sich neben ihr geborgen. Tante Eugenie gehörte zu ihrem Leben. Auch wenn sie sie selten sah. Alle gehörten sie zu ihrem Leben, die in Wien ihre Verwandten geworden waren. Sie bildete sich kein Urteil über sie. Weder hob sie sie in den Himmel, wie ihr Vater es tat, noch machte sie abfällige Bemerkungen wie ihre Mutter.

Luise suchte bei ihren Wiener Verwandten, was sie zu Hause nicht fand: Anschluß an ihre Vergangenheit. Und es war eben so, daß sie die Verwandten nicht um ihrer selbst willen und einzeln liebte, sondern dessentwegen, was sie für sie bedeuteten: eine Brücke zu Paul. Pauls Großmutter rauchte billige Zigaretten mit Spitze. Ein bescheidenes Stück Holz, das sie aber hielt, als wäre es aus Elfenbein.
Töchter können mitunter sehr streng sein, hatte sie mit feiner Ironie gebrummt. Dann war Betty zurückgekommen, und Pauls Großmutter war wieder eine stumme Greisin.
Diese alte Dame hatte Paul erzogen, ihretwegen war er wahrscheinlich zum Theater gegangen.
Es sei mit der Mutter damals nicht mehr auszuhalten gewesen, hatte Tante·Olga einmal erzählt. Ihre Schwester Betty habe die alte Großmutter in der Wohnung behalten, solange es ging, aber Eugenie stolperte und stolzierte, je nach Verfassung, mit dem Stock durch die Zimmer, sperrte immer wieder die Wohnungstür von innen mehrfach zu, und dann fragte sie, ob abgeschlossen sei. Sie kochte ein Mittagessen für mehrere Personen, obwohl sie nur mit Betty im Haushalt lebte, und sie kochte auch dann noch ein Essen für sich, als Betty ihr striktes Kochverbot erteilt hatte.
Einmal hatte Luise die alte Dame, die immerhin die Urgroßmutter von Susi war, besucht. Als sie bei ihr aß und von Olga und Betty bedient wurde, hatte sie ihren und Eugenies Teller selbst in die Küche tragen wollen, aber Eugenie wies sie zurecht: Nein, danke! Du brauchst unsere Teller nicht in die Küche zu tragen. Ich hab ja meine Leute.
Sie wisse nicht, wie schrecklich es sei, erzählte Betty,

abends heimzukommen, müde von der Arbeit, dann den Schlüssel zu hören, den Stock, und in der Nacht den Stock, wenn sie herumgeht, die Toilette sucht und fragt: Betty, bist du da? Und: Wo sind eigentlich die Kinder? Sie meint die Kinder von Thekla! Und Thekla ist doch schon lange mit ihren Buben weggezogen! Dann wieder kommt es mir vor, als meine sie meine Schwester und mich! Olga und mich! Daß wir noch immer Kinder sind!

Das war mein Mann! hatte Pauls Großmutter einmal erklärt, als Luise bei ihr in Bettys Wohnung saß, und mit ihrem Stock auf eine Fotografie an der Wand gedeutet. So, als hätte sie ihr den verstorbenen Herrn nicht ohnehin bereits lange vor Susis Geburt vorgestellt. Eugenie lächelte dabei fein, ironisch, und sie zeigte auf die alten Schulhefte, die neben ihrem Eßtisch auf einer Kommode lagen: Das sind Tagebücher.

Darf ich sie lesen? fragte Luise.

Das habe ich nur so für mich geschrieben, für mich, betonte sie, und zeigte wieder auf das Foto. Das war mein Mann. Er lebt nicht mehr. Männer können mitunter sehr herrisch sein. Männer haben meistens, oder zumindest glauben sie das, recht!

Eugenie hatte damals grüne Erbsen gegessen, mit Reis. Sie schnitt ihr Fleisch selbst, wirkte noch nicht so verkalkt, aber jetzt, im Pflegeheim, war sie schläfrig und beinah ohne Bewußtsein.

Und du, mein Kind..., sagte sie früher immer zu Luise. Es war, als könne oder wolle sie sich den Namen «Luise» nicht merken. Sie hatte auch nie nach Susi gefragt. Es schien, als existiere ein Kind von Paul nicht. Und du, mein Kind, bist eine Freundin meiner Enkelin Thekla.

Nein, Eugenie, ich bin mit Paul. Wir haben eine Tochter.

«O ja. Ich habe deine Großmutter gekannt. Sie war eine sehr tüchtige, eine sehr tapfere Frau. Ich habe auch deine Mutter stets bewundert. Sie hat viel auf sich genommen.»
Luise besuchte Eugenie dann nicht mehr, und Betty ließ durchblicken, daß sie nicht an die Verkalkung oder Vergeßlichkeit ihrer Mutter glaube, sondern daß die alte Dame rachsüchtig und listig sei, sich vielleicht nur verstelle.
Tante Olga deutete an, ihre Mutter sei immer sehr stark gewesen, und besonders ein Satz, den die Mutter einmal zu einer Freundin gesagt habe, sei ihr für immer im Gedächtnis geblieben. Sie hat gesagt, erzählte Olga, meine Kinder sind meine Kinder und können einen Mord begehen und werden immer meine Kinder sein. Was immer meine Kinder tun, ich werde sagen, daß sie recht haben.
Das habe ihr so imponiert, sagte Olga, und sie haben ihren Vater, der Physiker war, verachtet.

Eugenie lag im Bett, als Betty und Luise das Zimmer betraten. Betty weckte sie. Es war schwer für Luise und Betty, die dürre Gestalt aus dem Bett zu heben. Eugenie wollte nicht aufstehen.
«Ich tu das nicht gern», sagte Betty. «Aber die Schwestern wollen es so.»
«Eugenerl!» rief eine Krankenschwester. «Na, Schatzi, wie geht's dir?»
Alle alten Frauen auf der Station würden von den Schwestern geduzt, entschuldigte Betty flüsternd den vertraulichen Ton.
Die derbe Krankenschwester hatte vorstehende Augen und einen wuchtigen Bauch. Sie erwähnte, daß auch ihre eigene Mutter sich hier auf der Station befände und rief aufmunternde Worte: «Na, Schatzi? Heute hast ja einen Schutzengel!»

Gemeint war Luise, die Pauls Großmutter inzwischen an der Hand führte.
«So, und jetzt rauchst du eine Zigarette, Mama!» befahl Betty, als sie im Gang saßen. «Und du trinkst deinen Kaffee und ißt Kekse!» Eugenie bewegte die Lippen.
«Bitte, Mama, rede deutsch, damit ich dich verstehe! Kannst du eigentlich Französisch?» wandte sich Betty an Luise.
«Ein bißchen, ja. Un peu.» Luise ärgerte sich, daß Pauls Mutter vergessen hatte, wie gut sie Fremdsprachen beherrschte.
«Sie redet nämlich französisch!»
Die Krankenschwester stand wieder neben ihnen. «Also gestern hat die Eugenerl ganz schön viel Lärm gemacht! Die ganze Nacht hat sie geredet! In der Früh hätte es bald eine Rauferei gegeben! Mit dem Fuß hat sie ausgeschlagen, die Eugenerl!»
«Nicht mit dem Stock?» fragte Betty höflich.
«Nein! Mit dem Fuß! Direkt auf die andere hin! Es gibt oft Gerangel. Sie sitzt im Bett und erzählt und erzählt. Französisch. Es kann ja niemand Französisch hier.»
«Wo ist denn der Arzt, der Französisch spricht?» fragte Betty.
«Der ist jetzt auf einer anderen Abteilung.»
«L'enfant», sagte Eugenie, und Luise übersetzte «das Kind».
«Vielleicht möchte sie ein paar Vokabeln lernen», sagte Luise, «ich meine, vielleicht will sie sich mit Französisch beschäftigen? Sie hat ja nichts zu tun.»
Eugenie schüttete fast ihren Kaffee um. Betty bremste in letzter Sekunde den Papierbecher, der vom Tisch zu fallen drohte.
Eugenie drückte den Rest ihrer Zigarette auf einem mit

Vanillecreme gefüllten Doppelkeks aus. «Und was machen wir jetzt?» fragte sie.
«Nichts, Mama. Wir sitzen.»
«Bad. Qu'est-ce que c'est?»
«Bad! Was heißt Bad?» fragte Betty.
Luise sagte das französische Wort, Betty fuhr dazwischen: «Dort, wo du gewaschen wirst, Mama. Das heißt Bad.»
«Der gewachsen ist», sagte Eugenie.
Betty schüttelte den Kopf und schaute dabei Luise an, mit gequältem Lächeln.
«L'autre», sagte Eugenie. «L'autre. Der gewachsen ist.»
«Der andere», übersetzte Luise.
«Sie meint die Kinder von Thekla», erklärte Betty.
«Sie will die Kinder sehen. Ich kann aber doch meine Tochter nicht bitten, mit den Kindern herzukommen. Die Thekla ist sehr empfindlich. Sie muß ihre Nerven schonen. Die Kinder würden sich hier fürchten.»
Irgendwie war die Zeit dann doch vergangen, und sie führten die alte Frau zurück ins Zimmer.
«Très müde», sagte Eugenie. «Ich bin très müde. C'est jolie», stellte sie leise fest, mit einem Blick aufs Fenster. Das Nachmittagslicht fiel sonnig herein.
Luise half Betty, ihre Mutter wieder ins Bett zu legen. Eugenie wehrte sich, als man ihr den Schlafrock ausziehen wollte. Luise näherte ihre Hand dem weißen Haar, streichelte sanft den Kopf.
«Laissez-moi», sagte Eugenie.

Ich weiß nicht, was ihr habt», sagte Betty, als Luise wieder neben ihr im Auto saß. «Ihr jungen Leute! Ihr seid alle unglücklich! Ihr beschäftigt euch viel zu sehr mit euch selbst! Ihr kreist immer um euch selbst! Brauchst du das wirklich, eine Psychoanalyse? Bei uns war das anders! Wir haben solche Probleme, wie ihr sie schürft, nicht gehabt! Es war Krieg. Das soll jetzt keine Entschuldigung sein, aber ihr, ihr kreist immer nur um euch selbst.»
Kreisen um uns selbst, dachte Luise. Paul, ja, dem sollte Betty den Vorwurf machen, der kreist um sein großes Ich, das Karriere machen muß, sonst hat sein Leben keinen Sinn.
Luise wußte nicht genau, was Betty meinte. Lieber wäre ihr gewesen, sie hätte von ihr etwas über Paul erfahren. Es hieß, er sei zu jungen Männern in ein Atelier gezogen. Eine Art Lebens- und Wohngemeinschaft. Vielleicht nur zum Wohnen. Angeblich Maler und Schauspieler. Eine moderne Bohème. Luise beneidete Paul nicht um sein freies Leben. Aber sie beneidete jeden Menschen, der in seiner Nähe sein konnte. Einmal hatte sie sogar, als sie noch zusammen waren, Pauls Uhr beneidet. Dieses lederne Band, das sich von früh bis spät um sein Handgelenk schmiegen durfte.
Ihr fiel ein, was Susi sagte. Sie habe jetzt zwei Papis, und sie wolle hundert Papis haben.

Da Betty nicht nach Susi fragte, begann Luise, der das Schweigen unbehaglich wurde, eine Konversation. Sie erkundigte sich beiläufig nach dem Befinden von Tante Olga.
«Meiner Schwester geht es nicht sehr gut.»
«Das tut mir leid», antwortete Luise. «Und wie geht es Johanna?»
Kaum wagte sie, den Namen auszusprechen. Paul hatte über seine Cousine nur erzählt, daß sie «ausgeflippt» sei. Er bekam manchmal Briefe von ihr, die er flüchtig las und dann wegwarf. Luise war Johanna nur ein paarmal auf der Straße begegnet, hatte sie mit Paul kurz besucht. Ein schönes, sehr aufgeputzt wirkendes Mädchen, das Paul innig küßte, ungeniert, als wären sie nicht Cousins, sondern ein Paar.
«Sie ist –», Betty stockte. Dann nannte sie aber doch den Ort, an dem Johanna sich befand.
«Sie ist im Felsenhof.»
Das war die städtische Irrenanstalt.
«Seit wann?» fragte Luise, zu ihrem eigenen Schrecken, freundlich interessiert.
«Seit ein paar Tagen.»
Eigentlich ging sie das alles doch gar nichts an? Dennoch rief Luise sofort, als sie wieder in ihrer Wohnung war, Tante Olga an. Olga befand sich, wie an jedem Wochenende, auf Erholung im Burgenland. «Es freut mich, daß du anrufst», sagte sie. «Aber ich möchte nicht mit dir über meine Tochter sprechen. Ich bin Mitglied einer Gruppe für Eltern drogensüchtiger Kinder. Dort packe ich meine Probleme aus.»
Luise, die sich zurückgestoßen fühlte, wählte die Auskunft, bekam die Telefonnummer des Felsenhofs, rief dort an, erkundigte sich nach Johanna Lebereich.

Sie telefonierte von einer Station zur nächsten, mußte bei jeder «Klappe» ihren Wunsch vorbringen, fühlte sich versucht, genau zu erklären, weshalb sie ihre angeheiratete Cousine dringend zu sprechen wünschte, hielt sich aber zurück, wartete, und dann hörte sie eine frische Stimme: «Ich freu mich irrsinnig, Luise, daß du anrufst! Komm mich besuchen. Ich habe einen Family-Horror.»
Also rechnet sie mich nicht zur Familie, dachte Luise.
Sie fand das gut und erklärte Hugo, als er mit Susi vom Schrebergarten heimkam, daß sie sich dringend um eine Verwandte kümmern müsse.

In der nächsten Sitzung hatte Luise ihrem Analytiker von Pauls Schönheit erzählt. Danach rief sie Hugo an. Luise hatte sich wegen ihrer Depressionen krankschreiben lassen. Ihre Mutter ließ ihr finanzielle Unterstützung zukommen, auch von Paul trafen jeden Monat ein paar tausend Schilling ein, und Betty überwies regelmäßig Geld, obwohl sie selten zu Besuch kam. Luise war es recht, sie wußte nie, ob sie Pauls Mutter wirklich sehen wollte. Sie war kein Ersatz für Paul.
Hugo war manchmal wie ein Wunder. Süßes Aufwachen, so rein, aber sie träumte in Hugos Armen, daß sie Paul heiratete. Sie träumte, daß sie in ein Theater ging, in dem Paul spielte, aber sie konnte ihn nicht gut sehen. Dann wachte sie auf, und Hugos Hand lag auf ihrer nackten Brust. Hugos Stimme erinnerte sie manchmal so sehr an die von Paul, aber er fühlte sich anders an und roch anders. Hugos Brust war nicht behaart, sein Rücken nicht so zart, seine Hände waren breiter und viel zärtlicher, nicht kalt und steif wie manchmal die von Paul. Aber Luise hätte lieber diese ungeschickten Hände gehalten und sie gestreichelt. Hugo fuhr einmal mit ausgestreckten, starren Fingern über ihren Körper, es tat ihr fast wohler als die zärtlichen Liebkosungen. Er tastete Luise ab, gab jeder Stelle ihres Körpers einen Namen, nur war er nicht Paul, und jedes angenehme Gefühl wurde wieder zerstört. Sie haßte sich dann selbst, haßte Hugo, wollte nur Paul.

«Was ist?» fragte Hugo leichthin.
«Nichts. Ich muß die ganze Zeit an Paul denken. Es tut mir leid. Heute nacht habe ich von seinen Ohren geträumt.»
Hugo seufzte. Er lehnte sich zurück. «Also, ich kann das nicht ernst nehmen.»
Dann drehte er sich auf den Bauch, vergrub sein Gesicht in den Armen, lächelte aber darunter hervor.
Er steht auf und geht, dachte sie. Er wird mich verlassen, und wer ist dann bei mir und Susi? Sie fühlte sich selbst wie ein kleines Kind. Eigentlich hatte Hugo zwei Töchter.
Paul war ein Mann gewesen, wie es ihn vielleicht nur in Romanen gab. Paul würde jetzt gehen, würde sagen: Wo ist dieser Kerl! Ich bringe ihn um.
Auf einmal lag Hugo da wie ein Bettler. Oder war er nur so überzeugt von sich selbst? Daß Luises vollkommene Liebe noch über ihn kommen würde?
Eine Frau, dachte Luise. Eine Frau würde so etwas tun. Wenn ich neben Hugo läge und er wegen einer anderen leiden würde, dann würde ich sie doch, wenn ich wüßte, wo ich sie finden kann, dem Hugo bringen. Wenn ich Hugo lieben würde. Wenn Paul gesagt hätte, daß er eine andere Frau liebt, ich hätte sie ihm gebracht. Wenn ich Hugo nicht liebe, warum habe ich ihn bei mir?
«Paul würde dir gefallen», sagte sie. «Wirklich. Entschuldige.»
Hugo lächelte noch immer.
«Ich meine das ernst. Ich will ja nur, daß du verstehst, warum ich ihn nicht vergessen kann.»
«Und woran denkst du jetzt wirklich?» fragte Hugo.
«Daß es spät ist. Wir müssen aufstehen.»
«Wir müssen gar nicht aufstehen. Susi schläft noch. Wir können liegenbleiben.»

«Nein, das können wir nicht. Ich muß mich schnell waschen und anziehen, weil ich Johanna versprochen habe, daß ich sie heute im Irrenhaus besuche. Stell dir vor! Eine Frau, die sich freiwillig einliefern läßt! Die selbst hingegangen ist. Die muß doch verrückt sein.»
«Deshalb ist sie ja drin.»
«Wie?»
«Ich kenne die Verwandtschaft deines Paul nicht, aber wer freiwillig in die Psychiatrie geht, hat doch einen Huscher.»
«Ich hab gedacht, nur die, die verrückt sind, werden dort gegen ihren Willen hingebracht.»
Hugo stand auf, stieg in seine Hose, die auf dem Boden lag, zog sein Hemd an, ging ins Bad, während Luise seine Bewegungen mit denen Pauls verglich. Paul, so männlich kühl im Vergleich zu Hugo. Und dann, wie Paul geraucht hatte! Aber seine Hände, immer rot von schlechter Durchblutung, die Hände, die sehr kindlich waren, paßten nicht zu seinem Gesicht. Es war ernst und erwachsen gewesen. Dann wieder sein Mund, offen und naß. Die weißen Zähne schimmerten. Der eine, leicht vorstehende Zahn! Hugo dagegen hatte ein viel zu perfektes Gebiß. Wenn Paul Luise küßte, machte er sie dabei ganz naß. Sie liebte diese Nässe. Ein Kind von ihm hatte sie sich immer gewünscht.
Jetzt war Sommer. Wie sah Paul im Sommer aus? Was für Kleider trug er? Wie waren seine Hände im Sommer? Und sein Bart? Trug er noch die Brille, von der er gesagt hatte, als Luise sie einmal probierte: Jetzt bist du elegant. Oder wie hatte er gesagt? Diskret? Exklusiv? Die Brille ist edel. Jetzt bist du edel. Wie hatte Paul gesagt? Sie adelt dich? Sie gibt deinem Gesicht etwas – was gab die Brille ihrem Gesicht?

Manchmal hatte sie gefürchtet, seiner Ästhetik nicht zu entsprechen. Er war schön, von Natur aus schöner als sie. Alles an seinem Kopf war edler geformt als an ihrem. Sie schämte sich in seiner Gegenwart, wurde gehemmt, verlegen. Eine Frau wie ich ist doch für einen Mann wie ihn eine Zumutung, dachte sie. Und sie war ein Jahr älter als Paul.

Ihr war lieber, wenn er «total» oder «echt» sagte. Dann fühlte sie sich ihm überlegen. Aber wenn er gescheit daherredete und besonders klug wirken wollte, war sie nie sicher, ob er, als Schauspieler, vielleicht nur nachsagte, was sein Regisseur ihm eingeredet hatte.

So vielen Menschen ging sie aus dem Weg, einfach weil sie zu schön waren. Bei Paul hatte sie es zu spät gemerkt. Erst im Bett, als sie sein Gesicht aus der Nähe sah, die Ohren, das Haar, die Stirn, die Augen, die er sonst hinter der Brille verbarg, den Kopf, den er unterm Hut versteckte. Du bist so schön, sagte sie, ich sehe erst jetzt, wie schön du bist.

Gut, daß du es erst jetzt siehst, sagte er. Ich bin froh, Luise, daß du es erst jetzt siehst.

Wo wollen Sie hin? Felsenhof?» Gefürchtet habe er sich nie, sagte der Taxifahrer. «Erstens einmal gehen sie ohnehin im Park herum mit Bewachung. Die Extremen mit Bewachung. Und in die Abteilung, wo sie wirklich drinnen liegen, die Extremen, dort gehe ich nicht hinein, das muß ich Ihnen ehrlich sagen, ich habe schon manchmal einen Bekannten von mir im Felsenhof besucht, aber ich muß ehrlich sagen, ich kenne keine Extremen, zum Glück. Die führen in den Parkanlagen teilweise schon etwas auf. Die fangen zum Durchdrehen an. Aber da kommen sie nicht weit, es sind ja Bewacher dabei. Wie es drinnen zugeht in den Abteilungen, das kann ich Ihnen nicht sagen. Ich würde auch freiwillig nie in so etwas hineinwollen. Aber ich war ein paarmal im Lungenbau. Wenn Sie hingehen zum Lungenbau, treffen Sie ja die Narrischen im Park. Da sehen Sie dann schon ein bissel was.»
Pavillons, Bäume, Wiesen, Balkone, Fenster. Johanna, sie war in Indien, in Israel gewesen, sie hatte dort nicht mitansehen können, wie im Kibbuz, in dem sie arbeitete, Hunde vergiftet wurden. Sie ist in Asien gewesen, wollte leben lernen, arbeiten, und zwischendurch hat sie Marihuana geraucht. Hier war sie Lehrerin, kam sich aber alt vor, wenn sie unterrichtete, wohnte bei ihrer Mutter, kochte für sie, trank Rotwein, kochte gut und viel, wurde davon dick, ihr altes Leiden: der Kummerspeck. Dann magerte sie ab.

Marihuana. Einmal hatte Luise unbeabsichtigt teilgenommen an einer solchen Sitzung. Der Wassertropfen, den sie ganz laut hörte, ein Tropfen, der langsam fiel, mit einer unendlichen Bedächtigkeit, es war die ganze Wohnung nur ein einziger, schwerer Tropfen. So ähnlich mußten Eintagsfliegen die Welt erleben.

Luise fuhr die Serpentinen hinauf zu Johanna, zwischen Sträuchern hindurch. Es gab Menschen, die einfach nur hier spazierengingen. Kranke waren von Gesunden nicht zu unterscheiden.

Unten, in einem Häuschen, wachte der Portier. Luise hatte Johanna einmal mit strengstem Mittelscheitel erlebt, das lange, glatte Haar hinter den Ohren zu dekorativen Zöpfen geflochten. Wenn Johanna diese untadelige Bauernmädchenfrisur trug, nahm sie dazu zarte Ohrgehänge, hatte ein großes, seidenes Tuch um die Schultern liegen, wirkte demütig still, aber hoffnungsfroh.

Jetzt waren ihre Haare offen, dunkelgrau, hingen traurig herunter, und auch die Schultern und ihre Augenlider hingen irgendwie mit. Trotzdem sprang Johanna sofort auf, als Luise sie anlächelte und ihr winkte. «Gehen wir in den Garten», sagte sie.

Luise hatte auch Johannas tiefgrün geschminkte Augen in Erinnerung, die wild toupierten Haare, zu einem dicken Buschen am Hinterkopf aufgetürmt, einen weinrot bemalten Mund, violette Fingernägel, ins Schwarze gehend, und die Wangen dazu passend bepudert. Johanna liebte großen Aufputz, konnte aber, wie Luise sah, darauf auch verzichten. Geradezu ärmlich wirkte sie jetzt in der Baumwollbluse, aber als sie plötzlich mit rasch gespreizten Fingern das hängende Haar hinter die Ohren warf, kam es Luise vor, als fühle Johanna sich auch ohne Maskerade wohl.

Ihre Augenbrauen waren schwarz, fein gewachsen, aber trotzdem sehr dicht. Sie stießen über der Nase fast zusammen. Johannas Blick war dunkel. Luise beneidete Menschen mit großen Augen. Ihre eigenen kamen ihr wie die einer Maus vor. Auch das hatte Paul einmal gesagt: Irgendwie bist du manchmal halt doch nur eine graue Maus. Johannas Nase war schmal, wenn auch groß. Ein vernünftiges Profil, würde man denken, hörte man Johanna nicht reden. Ihre Lippen waren so voll, trotzig und energisch, daß Luise gern gefragt hätte: Warum schminkst du sie eigentlich? Sie verlieren, wenn du Malereien drauftust! Aber dann wäre sie wie Betty gewesen. Betty lenkte während eines jeden Gesprächs, das nur ein wenig tiefer ging, am liebsten mit Bemerkungen über das momentane Aussehen ihres Gegenübers von sich ab.

Um Heroin zu bekommen, brauche man Geld, viel Geld, erzählte Johanna. «Wenn du das Geld hast, ist es nicht schwer. Es gibt in Wien einige Lokale und Plätze, wo damit gecheckt* wird. Nicht nur mit Heroin. Auch mit Tabletten und Kitt. Am Flohmarkt, Gärtnerinsel, Karlsplatz, Burggarten, Südbahnhof, Westbahnhof. Es passiert oft, daß einem da ein Mist angedreht wird. Das Zeug ist entweder zu stark aufgepegelt, gestreckt mit anderen Substanzen, oder es sind überhaupt nur zerdrückte Tabletten. Deshalb muß man kosten, was einem da verkauft wird. Heroin schmeckt bitter. Viele, die mit Heroin checken, sind selber süchtig und brauchen Geld. Es ist nur eine Notlösung, wenn man sich ein Sacherl in einem Lokal aufstellt. Meistens ist man, wenn man eh schon kracht, auch nicht mehr fähig, sich selbst in ein entsprechendes Lokal oder an

---

* diese und folgende Worterklärungen siehe Anhang

einen entsprechenden Ort, wo man Heroin bekommen würde, zu begeben. Man kauft sich in der Sesamgasse in einem Blumengeschäft oder am Naschmarkt Mohnkapseln, die man zu einem O-Tee aufkocht. Der schmeckt so widerlich, daß die meisten ihn am Anfang gleich wieder erbrechen. Weil einem, wenn man ihn die ersten Male trinkt, davon so furchtbar schlecht wird, kochen viele, die einen empfindlichen Magen haben, den Tee auf eine ganz kleine Menge ein. So kann man sich etwas, was so ähnlich wirkt wie Opium, eigentlich auch selber machen.»

Johanna sagte, sie habe Rezepte gestohlen und gefälscht, die Silberlöffel ihrer Mutter geklaut, ihr ein blaues Auge geschlagen, habe gelogen, und das alles habe sie eigentlich getan, ohne an die Folgen zu denken, die waren ihr egal, Hauptsache, sie konnte für den Tag etwas Opiatiges auftreiben.

«Ich will keine solche Charaktersau mehr sein!» sagte Johanna plötzlich überzeugt. Dann fuhr sie fort: «Ich habe mir halt immer die Nase zugehalten und den stark zusammengekochten Tee mit dem Saft einer ganzen Zitrone getrunken, bin dann noch mit zugehaltener Nase auf und ab gegangen, habe zwei Rohypnol dazu geschluckt oder Valium. Wenn man Glück hat, spürt man die Opiumwirkung, die aber, glaube ich, bei jedem Menschen anders ist. Bei mir war es so, daß ich dann überhaupt keine Bedürfnisse hatte. Ich konnte stundenlang eine Tasse Tee trinken, nippend, ganz langsam, und Musik hören oder in die Luft schauen. Dann habe ich ferngesehen und geraucht, aber wenn ich Pech hatte, wurde ich nervös und spürte gar keine Wirkung, war nur gereizt, dann habe ich ein paar Tabletten nachgeworfen.»

Luise wich ein wenig zurück. Sie fühlte sich von Johannas Art abgestoßen.

Johanna sagte, ein Arzt habe ihr alle zwei Wochen zwanzig Rohypnol und eine Fünfzigerpackung Lexotanil verschrieben, fünfzig Stück Lexotanil zu je sechs Milligramm in einer Flasche, und sie habe sich auch Rezepte, die sie bei einer Ärztin gestohlen habe, selbst ausgestellt.
«Und was ist eigentlich das Besondere am Heroin?» fragte Luise.
«Es gibt einem ein ganz tolles Gefühl. Daß man nichts mehr braucht. Restlose Befriedigung. Zufrieden.»
«Hat man das nicht im Bett auch?»
«Sex als Droge? Na ja.»
«Nein! Eben nicht! Sex ist keine Droge.»
«Man liegt und ist glücklich und hört Musik und sieht Jesus auf dem Wasser gehen.»
«Hast du so ein Erlebnis gehabt? Ein religiöses?» Luise wunderte sich.
«Kennst du nicht das Lied von Leonard Cohen? ‹And Jesus was a sailor when he walked upon the water.›»
«Ach so. Du mußt einen Schlager hören, damit du dir etwas vorstellen kannst.» Luise war enttäuscht.
«Ich weiß nicht, es macht mir jetzt gar keine Freude mehr, mit dir zu reden.» Johanna wechselte das Thema. «Im Winter hab ich den Paul zum letzten Mal gesehen. Wir haben einen Joint geraucht. Vorher hat der Paul Spaghetti gekocht, Rotwein haben wir getrunken und uns gut unterhalten. Ich habe ihm gesagt, daß ich da nicht wohnen dürfte, beim Blumenstandl. Wieso, hat mich der Paul gefragt. Na ja, weil ich mir jeden Tag Mohnkapseln kaufen würde. Der Paul hat gesagt, daß der Naschmarkt für ihn keine Gefahr darstellt, daß er gern Haschisch raucht und ab und zu auch gern trinkt, daß er gern einmal Kokain ausprobieren würde, aber Heroin auf keinen Fall. Er hat gesagt, daß man Kokain in Wien selten rein bekommt.

Und ich habe ihm recht gegeben und ihm gesagt, daß ich erst zweimal gutes Koks gesnieft habe, und beide Male habe ich ein starkes Glückserlebnis gehabt, mich vollkommen ruhig und entspannt gefühlt, aber nachher bin ich abgestürzt in eine fürchterliche Nüchternheit, in der mir alles grau, leer und widerlich vorgekommen ist. Der Paul hat dann noch einen Joint gedreht. Und ich hab ihm von meiner Mutter erzählt, daß ich sie so gerne abschütteln würde, und von meinen Alpträumen hab ich ihm erzählt. Daß ich oft träume, ich fahre in einem Lift, der saust hinunter, ich weiß nicht wie schnell, wohin, und meistens bin ich dabei in einem Haus, in dem schon alles abbröckelt und einsturzgefährdet ist. Meine schönsten Träume sind, wenn ich mir etwas Gutes koche und Freunde bei mir habe. Und Musik. Die Musik ist so wichtig für mich.»
«Du hörst doch sicher auch klassische Musik, Beethoven zum Beispiel.»
«Ja, natürlich.»
«Gibt dir das nichts?»
«Bei Beethoven werde ich traurig. Daß die Welt nicht mehr so ist, wie er sie erlebt hat. Es sind zu viele schreckliche Dinge geschehen. Der Wald, den er komponiert hat in der sechsten Symphonie, die Natur in der ‹Pastorale›, das ist ja heute alles ganz anders. Und das Meer. Damit ist es auch vorbei. Du kannst ja heute nicht sagen, du fährst ans Meer, dort vergißt du alles. Die Wogen, die Brandung. Früher haben Menschen sich in der salzigen Seeluft erholt. Aber heute kannst du doch nur ans Meer fahren, um dich zu überzeugen: Ölpest. Fische, Vögel. Wie kommen die Fische und die Vögel dazu, daß sie vom Öl ermordet werden? Vögel, die am ölverseuchten Strand ersticken, weil sie aus dem Schmutz nicht mehr hinauskönnen und sich in ihrer Verzweiflung immer tiefer hineingraben.»

«Und das alles kann man mit Heroin vergessen?»
«Ja.»
«Gibt es nicht auch einen anderen Weg?»
«Mit jemandem ins Bett gehen, meinst du?»
«Johanna, es gibt ja nicht nur das! Man kann arbeiten. Man kann sich kümmern um Menschen, die einen gerade brauchen. Man kann sich politisch engagieren. Man kann rennen. Etwas tun. Rennen. Vorwärts. Sich nicht immer selber auf die Seite hauen, von der Straße weg, vom Weg ab, sich ins Gras werfen und warten, ob einen jemand heraushebt.»
«Weißt du, wenn du so redest, bekomme ich sofort wieder eine Depression. Dann spüre ich, wie nutzlos ich bin. Und dann komme ich mir vor wie der letzte Dreck. Dann möchte ich mir die Pulsadern aufschneiden. Aus. Schluß. Verbluten. Das Blut muß weg aus meinem Körper, dann rühre ich mich nicht mehr, dann tue ich aber auch nichts mehr, was euch Bürgern, euch Spießern ein Ärgernis ist!» schrie Johanna.
Luise wußte, daß Johanna sie immer und nicht nur jetzt als Spießerin sah. Sie hatte sich ihren Besuch einfacher vorgestellt. Sie hatte sich in ihrer Rolle als Helferin zu sicher gefühlt und wollte sich jetzt nicht anklagen lassen.
«Einmal hab ich einen Freund gehabt, der war Neger», erzählte Johanna jetzt wieder ruhiger. «Weißt du, wie gut der geküßt hat?»
«Ich gestehe dir, daß ich mich wirklich nicht trauen würde, mit einem Neger ein Verhältnis anzufangen.»
«Vorurteile.»
«Nein, Angst.»
«Wovor?»
«Ich würde auch mit einem Indianer nichts anfangen.»

«Weil du weiß bist? Mußt du, so wie die Mami, deine weiße Haut aufbewahren für einen, der auch eine weiße Haut hat? Mit einem Chinesen würdest du dann wahrscheinlich auch nie etwas anfangen, oder?»
«Bei einem Chinesen hätte ich keine Hemmung. Aber wenn ich an Indianer denke oder an Neger, dann fällt mir immer ein, wie die Spanier die Indios ausgerottet und die weißen Amerikaner die Menschen aus Afrika verfrachtet haben. Ich habe ein schlechtes Gewissen, weiß zu sein, eine weiße Haut zu haben. So geht es mir, wenn ich einen Neger sehe oder einen Indianer, von dem ich weiß, daß man seine Vorfahren verfolgt hat.»
«Also, diese geschichtlichen Dinge, die interessieren mich nicht. Was war, ist vorbei. Nur das, was ich vorhin gesagt habe von dem sterbenden Meer, von den auslaufenden Öltankern, das bringt mich auf die Palme.»
«Dann schau, daß du vom Heroin loskommst und vom O-Tee, und setze dich politisch gegen diese Leute ein, die mit uralten Schiffen über die Meere fahren, das Öl in halbkaputten Frachtern transportieren, weil's billiger ist für die Reeder.»
«Du meinst, ich soll für Ideale kämpfen. Mich dabei aufreiben und zerbrechen und nicht an einer Droge oder meiner Mutter.»
«An deiner Mutter zerbrichst du nicht.»
«Dann hast du mich bisher nicht verstanden und wirst mich nie verstehen. Ich bin kaputt, weil meine Mutter aus mir eine perfekt funktionierende Maschine machen wollte.»
«Du bist doch jetzt nur kaputt, weil du so blöd warst, schon mit fünfzehn Jahren zehn Menocil auf einmal zu schlucken und dann im Rausch einen Einbruch zu machen und Geld zu stehlen. Das hat dich ruiniert. Dein Umgang!

Deine Freundinnen! Die haben dich ruiniert, nicht deine Eltern.»
«Mein Negerfreund hat Jeans getragen, ein weißes Baumwollshirt und ein schwarzes Gilet. Schlechte Zähne hat er gehabt, und ich habe ihn gefragt, ob er auf H ist. Er hat verneint. Weißt du, ich habe eine Mikrokamera im Hirn und in meinem Herzen. Delhi, Kalkutta, Istanbul. Die vielen kleinen Shops mit den bunt leuchtenden Schildern, die Imbisse, die Kebabs, das alles habe ich in mir, wenn ich durchs graue Wien gehe.»
«Auch in Wien scheint die Sonne, und es gibt einen blauen Himmel.»
Johanna weinte. Sie wurde von Schluchzen geschüttelt, sie schrie fast, hielt sich mit den Händen an Luise fest.

Es war ziemlich schwer für Luise, sich von Johanna ein Bild zu machen. Auch hatte sie nicht den Mut, sie nach bestimmten Dingen zu fragen. Schon gar nicht nach Paul. Sie wußte ja nicht, was wahr war von all dem, was Olga und Betty immer nur nebenbei erzählten. Luise fühlte sich zu älteren Menschen stärker hingezogen, flüchtete sich zu Älteren vor der Welt ihrer eigenen Generation: Studentenbewegung 1968, Hörsaal nicht benutzbar, Studenten oder Männer von der Straße haben öffentlich im Hörsaal ihre Notdurft verrichtet, in den Hörsaal geschissen, aufs Pult, auf den Tisch, an dem der Professor steht, fremde Männer, angeblich sogar Künstler, moderne, anarchistische, Avantgardisten, die österreichische Avantgarde, Happening-Inszenatoren, scheißen zur Bekräftigung dessen, was die Studenten meinen, wenn sie gegen die Hochschulen protestieren, in den Hörsaal.
Luise hatte sich damals von den jungen Leuten abgewendet und war in einen Beruf geflüchtet, bei dem man schnell

zu Geld kam. Ihr ging das Gedröhne durch die Lautsprecher auf die Nerven, sie wäre lieber in Ruhe mit ihrem schriftlichen und mündlichen Semesterabschluß in Philosophie fertig geworden.

Sie stellte sich als Fotomodell für Schuhe und Schminke zur Verfügung, trug ihre ersten Groschen heim, legte sie der Mutter vor, erklärte, daß sie nicht mehr studieren würde, holte ihre Pelzmäntel, von Großmüttern geerbt und von Mutters Schneiderin modisch umgenäht, aus dem Schrank, marschierte auf den Flohmarkt und verschleuderte das mottenpulverduftende Winterzeug zu Frühlingssonderpreisen.

Sie wurde entdeckt für einen Fernsehwerbefilm über die Köstlichkeit, Lockerheit, Duftigkeit und Gesundheit von Topfenknödeln, durfte danach bei einem Dokumentarfilm über die Schlösser und Burgen Niederösterreichs assistieren, lernte Schauspieler auszustaffieren mit alten Soldatenschuhen für einen Kostüm-Fernseh-Zweiteiler, wurde Spezialistin im Recherchieren von Stoffen über Dienstmädchenschicksale, die man im Fernsehen eventuell als unsentimentalen Knüller verwirklichen konnte, lernte ihren ersten langjährigen Verlobten Ernst kennen, der Regie bei Familiensendungen machte, lebte mit ihm, bis er sein großes Angebot aus Hamburg bekam und zum Ersten Deutschen Fernsehen wechselte. Sie litt dann eine Weile unter Depressionen. Sie konnte die abrupte Trennung nicht schnell genug überwinden, zumal Ernst mit der Schwester eines, wie er ihr schrieb, sehr bedeutenden Produzenten sofort auf Afrika-Recherchen fürs Fernsehen ging und dann mit der neuen Frau in eine teure Hamburger Wohnung zog.

Ihr liefen damals viele kleine Jobs und auch mögliche neue Partner über den Weg. Aber sie nahm ihr Studium wieder auf. Sie absolvierte schließlich mehrere schriftliche und mündliche Prüfungen in Philosophie, wofür sie sich mit einer großen Schachtel Pralinen belohnte. Durch eine zufällige Begegnung auf der Straße kam sie noch einmal in die Werbebranche, durfte dort mithelfen bei der Herstellung eines Films über das ideale Einkaufszentrum, den Supermarkt, in dem wirklich alles zum Wohle der Hausfrau mit Kleinkindern eingerichtet war, und sie lernte Umfragen auf offener Straße durchzuführen, sprach Passanten an und tröstete sich gut über die Tatsache hinweg, daß sie eigentlich keinen wahren Freund und keinen sogenannten Partner hatte.

Bis sie eines Abends in einem Kellertheater Paul sah. Weniger den ganzen Menschen, sondern Augen und Hände, noch dazu ragten diese Hände mit nackten Handgelenken aus einem schäbigen Herrenrock, unter dem der Schauspieler kein Hemd und auch keine Unterwäsche trug. Paul sagte später, dies sei eine seiner liebsten Rollen gewesen. Er spielte einen hungrigen Geiger, dem das Instrument entwendet worden war.

Luise verliebte sich in seinen Blick, und diesen Blick sah sie auch noch, als sie begann, in der Firma eines Onkels mit werbetechnischem Esprit Annoncen zu erfinden zwecks Vermehrung der Kundschaft. So konnte sie Paul ernähren, wenn er gerade von der Arbeitslosenunterstützung leben mußte, weil keine gute Rolle für ihn ins Haus kam. Jedes Jahr den Weihnachtsmann spielen in einer Fernsehserie und nur eine halbe Minute auf dem Bildschirm sein zu dürfen, noch dazu mit Watte-Augenbrauen und Watte-Bart, das war weder für Luise noch für ihn ermutigend.

Luise schlug sich dann als Rundfunkreporterin durch. Sie war eigentlich, wenn sie Leute nach Dingen fragen mußte, die sie in Wirklichkeit nicht interessierten, sehr redegewandt. Und sie interviewte Jubilare für Wien-Regional, wie sie sich fühlten mit ihren achtzig und sogar neunzig Jahren. Sie konnte gut auf Menschen eingehen, mit dem Mikrophon in der Hand. Und es machte ihr Spaß. Sie durfte dann auch Briefmarkensammler interviewen und Bezirksvorsteher, die versprachen, für mehr Grün in ihrem jeweiligen Verantwortungsgebiet zu sorgen. Beinah wurde sie vom Rundfunk fix angestellt, als Paul, es war zu Weihnachten, sie verließ. Er hatte für Susi gesorgt, nun konnte er nicht mehr. Das sagte er aber nicht wörtlich, sondern betrog Luise, weinte selbstverständlich nie, wirkte nur erschöpft nach seinen vielen Monaten als Babyvater und Hausmann.

Selbstverständlich zu Weihnachten. Gut, daß Luise so diszipliniert war. Drei Stunden Psychoanalyse pro Woche konnte sie gut in ihr Leben einbauen – zur Aufarbeitung. So funktionierte sie in Privatleben und Beruf. Sie bemühte sich, weiterhin so zu bleiben, damit sie irgendwann auch wieder voll arbeiten konnte. Irgend etwas würde sie immer finden. Sie lehnte die bürgerliche Gesellschaft zwar ein bißchen ab, schluckte aber täglich Groll und Kritiklust hinunter, tapfer, wie es einer Mutter ziemte. Und dann hatte sie Hugo kennengelernt.

Jetzt bohrte Johanna sich in Luises Haut hinein, an einer empfindlichen Stelle: «Du, du bist ja auch nicht glücklich, der Paul hat dich verlassen. Dir rennt doch jeder, aus ich weiß nicht was für Gründen, davon.»
«Wer sagt das?»
«Die Betty.»
Ja, aber bei mir ist es etwas anderes, wollte Luise ihr sagen. Ich habe kein Drogenproblem. Mich hat einmal jemand

vergewaltigt. Ich kann, weil ich vor Männern Angst habe, nur mit Männern schlafen, die Angst vor Frauen haben. Aber ich arbeite normal, bin sogar erfolgreich, schlafe normal, kurz, ich bin normal und will es sein. Und du, anstatt in Indien zu bleiben und dort helfend einzugreifen – man kann ja auch zur Mutter Teresa gehen und bei der mittun –, sitzt und hörst Musik und willst nichts arbeiten.

Ich wollte doch auch, rief es in Luise, in dieser Gesellschaft Anerkennung, Lob. Ich wollte doch auch – voran. Vorwärts, hinauf, geachtet werden, geliebt, verstanden. Ich wollte dem Paul eine sichere Existenz bieten, damit er Karriere machen kann. Mich bemühen. Man wurde vor lauter Bemühen oft furchtbar einsam. Wenn man es beruflich zu etwas gebracht hatte, wurde man für die falschen Dinge geliebt. Weil man ein Auto hatte, mit dem man einen Mitmenschen jederzeit irgendwohin bringen konnte. Weil man eine warme Wohnung besaß und man eine Zentralheizung hatte einbauen lassen.

«Sicher, die Welt ist eine Zumutung», sagte Luise. «Natürlich sollten alle Menschen so leben können, wie es in der Bibel von den Tieren gesagt wird und von den Lilien auf dem Feld, von den Vögeln, die Gott persönlich am Himmel ernährt. ‹Aber des Menschen Sohn hat nicht, wohin sein Haupt zu legen›, sagt ja schon Jesus. Und in einem Film sagt Woody Allen, wer alles von den Tieren welche Tiere frißt, und daß die Welt ein großes Restaurant zu sein scheint.»

«Wie wahr!»

«Mich macht das traurig. Aber es ist so, leider, Johanna! Niemand wird allein für die Tatsache, daß er existiert, geliebt. Die Liebe ist vielleicht eine Erfindung.»

«Nein, weißt du, was ich mir gut vorstellen kann? Die

Steinzeitmenschen haben in Gruppen gelebt, immer nur ein paar in einer Höhle. Viele Babies sind gleich nach ihrer Geburt gestorben, eben weil damals nicht jedes Kind überleben konnte unter den harten Bedingungen, und man hat dann die wenigen Kinder, die einem geblieben sind, besonders lieb gehabt. Es war keine Massenware Kind, keine Massenware Mensch, es war jeder, der überlebt hat, etwas wert. Und zwar mehr wert als heute. Vielleicht hatte meine Mutter recht, wenn sie sagte, der Krieg sei eine Heilung. Für die, die überleben. Und der Krieg, angeblich der Vater aller Dinge, Schöpfer alles Neuen, ich weiß nicht, Heraklit, glaube ich. Mein gebildeter Vater hat mir das einmal erzählt. Aber sind die Menschen nicht auch die einzigen Lebewesen auf Erden, die ständig ihresgleichen umbringen? Und nicht, um einander zu fressen, aus Hunger, töten sie, sondern aus Wahn. Vielleicht ist die ganze Menschheit wahnsinnig geworden. Sie tut diesem Planeten nicht gut. Wir sind auf dem Weg, diesen Planeten zu zerstören. Warum sollen wir uns dann nicht auch selbst zerstören? Es würde der Fauna und der Flora sehr wohl bekommen, wenn es keine Menschen mehr gäbe.»
«Aber der Mensch», wandte Luise vorsichtig und ungläubig, ihre eigenen Worte innerlich verspottend, ein, «ist doch die Krone der Schöpfung.»
«Die Schöpfung ist keine Person, so daß man ihr eine Krone aufsetzen könnte. Die Krone ist eine Stammeshäuptlingszierde und ein Symbol. Wie kannst du Stammeshäuptling sein, wenn dein Stamm nicht fünfzig Personen umfaßt, sondern fünfzig Millionen? Wie willst du da Häuptling sein? Sicher, du bist Kaiser und trägst eine Krone. Und dann herrschst du über fünfzig Millionen und bringst, damit du besser herrschen kannst, ein paar

Millionen um. Der Mensch war nie Krone einer Schöpfung, sondern der Mensch hat sich zum König unter den Raubtieren gemacht. Der Löwe, der König der Tiere. Der König, das Raubtier über den Menschen.»

In der Nacht – Hugo schlief bei Susi im Kinderzimmer, Luise hatte wegen heftiger Kopfschmerzen darum gebeten – legte sich Johanna über sie wie ein schweres, dunkles Gewand.
Luise war aufgewacht mitten in einem Traum, in dem sie ein Theater betreten hatte; sie beugte sich über den Tisch der Garderobiere, die auch die Eintrittskarten verkaufte, Luises Rock war irgendwie lose, sie trug eine nicht ganz saubere Bluse, die ihr aus dem Rockbund hing; sie bat einen Fremden, ihr Geld zu leihen, aber dann wurde sie aus ihren Traumbildern jäh hinausgestoßen. Jetzt waren im Traum Johanna und eine Patientin aus dem Felsenhof bei ihr. Es war das schwer wirkende Mädchen im Rollstuhl, das sie bei ihrem letzten Besuch gesehen hatte. Dunkles Haar, seitlich gescheitelt. Bis zu den Schultern war das Haar des Mädchens gegangen. Mit den Händen drehte sie an den großen Rädern unter ihren Ellenbogen, bewegte sich langsam vorwärts. Sie hatte am Vortag Luises Gruß erwidert, war an ihr vorbeigefahren, gemächlich rollend, in einen Saal hinein, zwischen zwei hohen, weißgestrichenen Türpfosten hindurch. Die riesige Tür war weit offen gewesen. Trotzdem hatte Luise nicht gewagt hineinzublicken. Sie hatte sich vor Johanna geniert. Überhöflich lief sie dann aber dem Mädchen nach. Sie wollte die Türflügel halten. Es hätte im Felsenhof so vieles gegeben,

was sie hätte tun können. Spontan. Um irgendwie behilflich zu sein. Eine Not sofort zu lindern. Niemand schien sie aber zu brauchen. Auch Johanna nicht.
Warum ist sie hier? Wer ist sie? hatte Luise gefragt.
Sie hat mehrere Selbstmordversuche gemacht. Den letzten durch Sprung aus dem zehnten Stock. Sie hat sich einiges gebrochen und ist gelähmt. Jetzt darf sie nicht mehr heraus hier. Sie sagt, wenn sie hinauskommt, wird sie sich umbringen.
Luise wollte das alles sofort vergessen. Auch jetzt dachte sie dankbar an Hugo, beneidete ihn und Susi um den Schlaf.
Hugo hatte wirklich ein Gefühl für Kinder. Nach zehnjähriger Ehe war er schuldlos geschieden, und er strahlte, wenn ein Kellner im Restaurant fragte: Und was bekommt der Papa? Hugo hatte sich in Fachbücher über Kindererziehung vertieft, bevor er Susi zum ersten Mal gegenübergetreten war.
Nun ließ Luise Pauls Gesicht vor sich erscheinen und seine Verwandten Revue passieren. Sie erinnerte sich an vieles, was man ihr im Lauf der Jahre erzählt hatte.
Was wußte sie über seine Verwandten? Tratsch. Thekla ist eifersüchtig auf ihren Bruder Paul, hieß es. Johanna ist eifersüchtig auf ihre Cousine Thekla. Betty hatte oft betont, wie sehr sie sich glückliche Ehen für Thekla und Paul wünsche. Theklas herzige Buben.
Luise hatte Paul zu seinem letzten Geburtstag ein Messingschild geschenkt. Sie schraubte es selbst an die Wohnungstür: Paul Langenbach-Bodenstet. Schauspieler. Und darunter ein kleines Schild: Susi. Das Schild hatte Luise nach Pauls Auszug in eine Schublade gelegt. Falls sie es doch noch einmal brauchte.
Bevor Hugo gekommen war, hatte Frau Nowak für Luise

gegen Bezahlung gekocht, war mit Susi spazierengegangen, und Luise konnte sich in Ruhe mit ihrer Psychoanalyse befassen. Frau Nowak versuchte immer wieder, Luise aufzuheitern. Ich koche Ihnen Marillenknödel, wenn Sie wollen! Und wenn Sie mich einmal nicht mehr wollen, dann schicken Sie mich einfach fort!

Frau Nowak ärgerte sich aber, wenn Luises Mutter sie eine «Bedienerin» nannte. Luises Mutter kam auch jetzt noch einmal in der Woche, um Susi abzuholen. Sie verlangte dann von Luise zwei Straßenbahnfahrscheine.

Susi hatte einen Hamster.

Luises Mutter malte Hinterglasbilder.

Als sie noch mit Paul lebte, wurde Luise einmal von Betty angerufen. Pauls Mutter verbrachte ihr Leben hinter einem Schreibtisch in einem Büro. Sie rief damals oft an, meistens, um sich zu erkundigen, wie es Paul gehe.

Einmal bat sie Luise um einen Gefallen. Luise sei doch selbst hin und wieder so melancholisch, und sie, Betty, wisse ja leider nicht, was eine Depression sei. Sag, könntest du mit der Frau meines Chefs reden? Sie hat eine endogene!

Luise telefonierte von da an täglich mit einer Dame, die sie nicht näher kannte, und sie tauschte mit ihr Erfahrungen aus. Geht es Ihnen auch so? Ja, ich habe das auch. Und so weiter.

Bis Paul dazwischenfuhr. Weißt du nicht, daß meine Mutter mit ihrem Chef seit zwanzig Jahren verbandelt ist? Und du tröstest die Betrogene! Da hat dich die Betty ja schön reingelegt!

Pauls Gewohnheit war es, einem Streit auszuweichen. Er hatte seinen Hut genommen und war gegangen.

Auf der Anhöhe, ganz normal, der Felsenhof mit einem Portierhäuschen, mit einem Menschen drin, einem Portier.
Luise interessierte sich nicht für Elektroschocks. Wahrscheinlich weil sie es von Kindheit an gewöhnt war zu hören: Ist geschockt worden, hat geschockt werden müssen, hat einen E-Schock bekommen. Ihr Vater war Arzt. Unheilbar Geisteskranke. Mußten sich sterilisieren lassen.
Unheilbar bedeutete Tod. Oder ein Leben lang an einer Krankheit leiden? Vielleicht waren die sogenannten unheilbaren Krankheiten gar keine Krankheiten, sondern etwas anderes. Krankheit sollte man vielleicht nur das nennen, was man heilen konnte. Stimmten Diagnosen nur dann, wenn sie zur Heilung führten? Alles was nur als Diagnose bestand, aber nicht veränderbar war, sollte vielleicht nicht diagnostiziert werden.
Elektroschock, der große Streit in der Psychiatrie: Wurde durch übermäßige, schockierende Stromzufuhr das Gehirn, das, wie man annahm, elektrisch arbeitet, so gestört, daß durch neu entstandene elektrische Verbindungen eine Erleichterung für den Menschen entstand? Was war der Mensch? Elektrisch geladen? Aber war Strom, im Hirn selbst erzeugt, etwas Ähnliches wie der Strom, den man außerhalb gewann?

Luise erinnerte sich an ein Gesicht. Es war eigentlich mehr eine Grimasse. Ein verzerrtes, unmenschliches Antlitz, eine grausige Larve, abgebildet auf dem Titelblatt einer Wiener Wochenzeitschrift. Elektroschock! Danach litten Menschen unsägliche Schmerzen. Geheilt?

Wir wissen nicht, wie er wirkt, aber manchmal hilft's. Es gibt Zufallstreffer! hatte der Professor einmal zu ihr gesagt, bei dem sie ihre Psychoanalyse machte. Sie gruben schon lange in den Wurzeln ihrer Persönlichkeit, um die Ursache ihrer Depressionen zu finden.

Wer glaubt, Psychoanalyse sei Beschäftigung mit sich selbst, der irrt. Luise wurde dazu gebracht, an viele Menschen zu denken, denen sie in ihrem Leben begegnet war. Sie holte Träume aus der Kindheit, aus der Jugend zurück, sie traf alle Bekannten, Freunde und Verwandten in der Vorstellung wieder. Die Psychoanalyse öffnete ihr ein eigenes Universum. Während der Behandlung verlor man, so kam es ihr immer wieder vor, ein wenig den Sinn für die Gegenwart. Man fragte sich: Wie alt bin ich eigentlich? Man fühlte, daß man seit Beginn der Psychoanalyse nicht gealtert, sondern, im Gegenteil, jünger geworden war. Fast lag man als Säugling auf einem Sofa. Es fehlte nur jemand, der einem den Schnuller zur rechten Zeit in den Mund steckte. Der wirklich sehr an ihrer Heilung von der Depression, eigentlich ihren Trennungsängsten, interessierte Professor bewog Luise, über etwaige Traumata im Säuglingsalter nachzuforschen.

Sie erkundigte sich bei ihrer Mutter. Worauf diese sofort den Professor anrief und ihm eine Donnerwetterpredigt hielt. Nabelbeschau! hatte ihre Mutter gerufen. Das Wort wirkte. Luise war verletzt, verunsichert und zugleich erleichtert gewesen. Sie unterbrach ihre Analyse. Sie wußte nun selbst nicht mehr, wohin das führen sollte. Möglicherweise hatte sie als Baby wirklich seelische Schäden erlitten. Sie fühlte sich aber gar nicht in der Lage, sich so weit zurückzubegeben. Jetzt mußte sie sich der doch recht schmerzhaften Erinnerungsprozedur nicht weiter unterziehen. Ihre Entschuldigung war, daß sie ihre Mutter ja auch wirklich nicht belästigen wollte mit Fragen.

Und Fragen an Johanna und ein gemeinsames Brüten über Lösungsmöglichkeiten gegenüber den Giften schienen ihr weitaus sinnvoller und auch ein Beweis dafür, daß sie erwachsen war. Außerdem wollte sie von ihr auch mehr über Pauls neues Leben erfahren – aus rein journalistischer Neugier, wie sie meinte.

Liebe Luise!
Ich sitze über gelbem Papier und schreibe, versuche, mich zu absentieren, da ich von hier nicht flüchten kann.
«Alles zum Essen, in den großen Speisesaal!!!» Das schallt ungefähr zehnmal durch die Gefängnisräume. Dann geht die Tür zu meinem Zimmer auf.
«Na, Fräulein Johanna, eine Extraeinladung?»
«Nein, danke. Ich habe keinen Hunger.»
«Jo, wos san denn des für Gschichten? Sie müaßn was essen. Des is gut für die Nerven.»
«Nein, danke. Ich habe keinen Hunger.»
«Oiso, Extrawurscht gibt's kane. Und überhaupt, was machn Sie vurmittag aufn Zimmer? Sie gehören auch zur Gemeinschaft. Absondern geht net. Oiso komman S' schon mit und tuan S' was essen.»
Ich stehe auf, gehe auf den Gang. Der Pfleger hinter mir sperrt sofort zu. Ich setze mich in den «Speisesaal», lasse mir einen Teller Spaghetti hinstellen und schütte den Inhalt sofort in den Mistkübel.
Dann will ich aufschreiben, was mir durch den Kopf geht. Das geht aber nicht, weil das Zimmer zugesperrt ist. Also muß ich den Pfleger bitten, mir aufzusperren.
«Na, jetzt miaßn S' scho wartn. Die Zimmer werdn erst später aufgesperrt.»

Später schreibe ich diese letzten Sätze und warte, bis es fünf Uhr wird, bis zur Besuchszeit. Ich habe mich gewaschen, und nun suche ich mein Handtuch, finde es nicht, frage den Pfleger, und der verkündet lauthals im ganzen Schwesternzimmer: «De Johanna hat ihr Handtuch verlurn. Gemma jetzt olle Handtuch suchn?»
Schließlich finde ich es zerknüllt bei der Anstaltsschmutzwäsche.
«Da Meiahofa is bein Fensta aussegsprunga und stiftn ganga. Ham S' scho ghert?»
Der nächste, mit dem man reden konnte, ist weg.
Ja, das hat sie perfekt gemacht, meine Mutter. Aber geh, das tut mir leid, bitteschön, dankeschön, darf ich Ihnen helfen. Immer höflich, immer lächelnd, immer eine glatte Fassade. Und ich bin der genaue Abklatsch davon.
Jetzt ist es halb sechs. Die Frau Steininger hat die ganze Nacht geschnarcht wie ein Rhinozeros. Ich habe fast nicht geschlafen. Um halb fünf hat sie das Licht aufgedreht. Jetzt rennt der Ö-3-Wecker auf vollen Touren, und mir ist schlecht.
Hilfe – ich will weg hier!
Feuerwehr, Rettung, Polizei. Ich hasse den Vierundzwanziger-Pavillon.
Der Emminger, er geht auf und ab, auf und ab, und jedesmal, wenn er bei meinem Fenster vorbeikommt, glotzt er herein und schnauft, glotzt und schnauft.
Schleich dich, Emminger, schau nicht so deppert!
Immer höflich, immer lächelnd, immer eine glatte Fassade. Und ich bin der Abklatsch, aber innerlich brodelt und kocht es wie in einer Dampflokomotive, und manchmal explodiert es, und deswegen bin ich im Narrenhaus.
Die junge Drogenberaterin ist ein Tschapperl. Ich bin

nicht bereit, mit ihr über meine Kindheits- und Jugendprobleme zu sprechen. Und wenn sie sagt, ich gebe immer den andern die Schuld, dann stimmt das nicht. Ich gebe nur meinen Eltern die Schuld und vielleicht den Eltern meiner Mutter, weil sie meine Mutter zu der perfekten Maschine erzogen haben, deren Perfektion nun schön langsam zerbröselt.
Und wenn die Ärztin meint, Fräulein Johanna, es ist ein Kinderspiel, was Sie betreiben, dann finde ich, es ist ein Kinderspiel, wenn sie mich mit so einer Antwort abspeist. Wenn sie sagt, es lasse sich alles arrangieren. Und dann wird nichts arrangiert. Und ich liege weiter neben der spuckenden, scheißenden, schnarchenden Frau Steininger und frage mich die ganze Zeit, wozu ich hier liege. Zum dritten Mal hier in diesem Gefängnis. Nur, weil ich «die Nabelschnur zu meiner Mutter» nicht «durchschneiden» konnte, bis jetzt.
«Alles zum Essen in den Speisesaal!»...

Zwei Stunden später:
Liebe Luise!
Ich hab gestern gesehen, daß auch Du bezüglich Drogen eine Einstellung hast, wo wir nicht zusammenkommen. Für mich ist Haschisch eine homöopathische Medizin, und für mich sind «die Leute», vor denen Du Angst hast, Freunde. Also stimmt es, daß wir uns wahrscheinlich nicht einigen können. Oder vielleicht bin ich wirklich so abnormal, mit niemandem, geschweige denn mit mir selbst, sein zu können. Wenn ich nüchtern bin. Und, Luise, nüchtern bin ich immer dann, wenn ich kein Opiat in mir habe. Und das will ich ändern. Denn wie ich gehört habe, als Du sagtest «eingeraucht» – da habe ich mir halt wieder gedacht, Luise, Du hast halt bezüglich

Drogen keine Ahnung. Zur Zeit würde ich kein Haschisch rauchen, weil es mich aufmacht, anregt zum Nachdenken, nervös macht, geschweige einen Acid, weil das eine Verstärkung der Entzugserscheinungen wäre. Aber ich wünsche mir nichts sehnlicher, als wieder in aller Ruhe einen Joint rauchen zu können und dabei ein angenehmes Gefühl zu verspüren. So wie ein Kaffee in der Früh aufmuntert oder eine schöne Landschaft die Phantasie beflügelt oder eine Musik berauschen kann. Und da würden wir schon wieder aneinandergeraten.
Außerdem brauche ich die Atmosphäre der Lokale, vor denen Du einen Horror hast.
In dieser Beziehung sind wir in zwei verschiedenen Welten, und ich als Individuum kann Deine Ansicht verstehen und akzeptieren, aber nicht selbst annehmen.
Ich spiele Theater. Galgenhumor. Was weiß ich. Inzwischen geht's mir miserabel. Ich weiß nicht, wie ich den ganzen «offiziellen Kram» erledigen soll. Ich weiß nicht, wie ich den Tag hier rumbringen soll. Aber ich bleibe hier und warte verzweifelt auf den Einser-Pavillon.
Gestern hat mir Klaus geschrieben. Ich soll den Kracher durchdrücken. Jetzt warte ich auf seinen nächsten Brief. Der Klaus ist der einzige Grund, warum ich die Zähne zusammenbeiße. Kommst Du mich wieder besuchen?

Dieser Brief hörte sich für Luise an wie ein einziger Vorwurf, wenn Johanna sagte, sie wisse eben nicht, was Drogen seien. Was sollte sie ihr darauf entgegnen? Was ihr schreiben? Es klang für Luise, als sei sie verzopft, borniert und spießig. Luise war eben nicht großstadtreif.
Was Johanna ihr voraus hatte, das waren viele Jahre Kindheit und Jugend in einem Monstrum, das «Wien» hieß. Ein Ort, an dem Millionen Menschen wohnten, keiner den anderen kannte, die vielgepriesene Anonymität, die aber auch darin bestand, daß man jeden Tag Hunderte Gesichter sah, in jedes hineinschaute, kurze Blicke auffing. Und nachts legte man sich hin, und dann sollte das alles keine Wirkung haben?
Luise träumte, daß ihr alles genommen wurde, alles bis auf ihre Wohnung, und sie sah sich im Traum zur Wohnungstür laufen und ihr letztes abgeben, jemandem noch ein Stück mitgeben, von dem, was übriggeblieben war nach einem großen Raub, das letzte den Räubern auch noch in die Hand drücken.
Luise bekam plötzlich Angst, Heroinsüchtige könnten ihr die Wohnungstür aufbrechen und Sachen stehlen. Heroinsüchtige, die ihr vorwarfen: Du bürgerliches Gespenst, was gehen dich unsere Probleme an? Ignorantin! Du, die du nie Heroin gekostet hast, die du nicht weißt, was für Himmel auf Erden dir entgehen! Du, die du vorgibst, der

armen Johanna zu helfen, während du dich in Wirklichkeit vor ihr fürchtest.

Minderwertigkeitsgefühle Luises gegenüber Johanna: Du bist großstadtunfähig. Du kannst mir nicht das Wasser reichen, mir, die durch alle Rinnsale geschwommen ist. Was willst du eigentlich, du hartherzige, du bürgerliche Kuh. Du mit deiner zentralgeheizten Wohnung. Du mit deinen Manieren, deinem Haarschnitt, der tadellosen Kleidung. Du mit deiner Korrespondenz, deinen vielen Freunden, Bekannten, deinen Terminen und all den Rücksichten, die du nehmen mußt. Ich bin Hippie-Life, ich will nicht dienen, will niemandem gehorchen, bin Johanna, die Trotzige.

Luise war guten Willens. Es gelang ihr, zu Hugo lieb zu sein, sogar zärtlich, und sie spürte nicht den leisesten Stich, als Susi beim Frühstück sagte: «Den Hugo habe ich lieb. Und dann hab ich noch die Mami auch ein bißchen lieb. Aber der Hugo ist der Papi, und meinen Hugo habe ich lieb, und Gott habe ich lieb, aber der Hugo kauft mir nächstes Jahr zu Weihnachten Schlittschuhe, hat er gesagt.»
«Woher hat sie denn das Wort ‹Gott›?» fragte Luise.
«Du mußt nicht fürchten, daß ich unsere Tochter religiös indoktriniere», schmunzelte Hugo. «Aber man entgeht gewissen Wahrheiten nicht. Wir singen nämlich oft am Abend, wenn du dich den Briefen deiner Busenfreundin Johanna widmest –»
«Was ist eine Busenfreundin?» fragte Susi.
«Busenfreundschaft ist gute Freundschaft», erklärte Luise.
«Ja, also, während du in Freundschaft deiner ehemaligen Verwandten Johanna einen therapeutischen Brief schreibst, singe ich mit Susi ‹Weißt du, wieviel Sternlein stehen›, und dort gibt es eine Strophe – wir singen nämlich von allen Liedern alle Strophen mehrere Male –, in der die alte Volksweisheit behauptet, daß Gott alle Wesen erschuf, daher auch alle Kinder, und Gott hat Susi ganz besonders lieb.»

«Ja, Gott hat mich lieb», bekräftigte Susi, und auf einmal war es Luise zuwider, an Johanna zu denken. Immer nur Felsenhof, warum eigentlich immer nur andere, immer nur unlösbare Probleme, schwerste Krankheiten. Ihr ging es doch gut, fast so gut wie Betty, warum kümmerte die sich nicht um ihre eigenen Angehörigen, warum lief sie vor Susi und Hugo davon, ausgerechnet zu Johanna, wo doch Susi – Luise sah es erst jetzt «mit aller Deutlichkeit», wie Politiker oft sagten – Johannas Nase hatte und auch Johannas Kinn, Johannas stark vorspringende Lippen, ein Teufelswerk, dieses Mädchen, ein Kind, das einer Verwandten ähnlicher sah als ihr selbst, ähnlicher als Paul. Auf jeden Fall hatte Susi mehr von der väterlichen Seite als von der mütterlichen, und warum mußte Luise sich ausgerechnet dieser Johanna, auf die sie immer eifersüchtig gewesen war, widmen, warum las sie die Briefe, warum faszinierten die Berichte sie? Nur, weil sie hoffte, dort Paul zu treffen, etwas über ihn zu erfahren? Warum liefen nicht Olga und Betty auf den Felsenhof, die saßen wahrscheinlich jetzt beisammen und plauderten angenehm, Betty rauchte ihre Kent, Olga Gauloises, einmal hatte Luise Betty eine Memphis angeboten, aber Betty hatte sich dezent angewidert abgewendet: «Nein, danke, ich habe ja meine Marke, weißt du, Luise, entweder rauche ich die, oder ich rauche gar nicht. Sie saß mit übereinandergeschlagenen Beinen, redete weiter in diesem Ton, näselnd, sehr von oben herab. Warum kümmerte Betty sich nicht um die Tochter ihrer geliebten Schwester, warum Olga sich nicht um ihr Kind, warum blieb sie, Luise, heute vormittag nicht einfach daheim? Hugo hatte vor dem Aufstehen gesagt, er würde mit Susi in den Prater gehen. Was wäre, wenn sie, Luise, die Briefe Johannas einfach an Betty und Olga schickte, damit Betty sie genüßlich lesen konnte? Aber in Bettys Schlafzimmer, Luise hatte einmal hineingespäht, stand ein teurer Mahagoni-Bücherschrank, in dem nur ein paar Romane lagen, so als hätten Vorfahren sie auf ihrem Weg ins Jenseits vergessen mitzunehmen, zwei, drei Klassiker. Luise war damals enttäuscht. Wohnung ohne Bücher. Leben ohne Briefe. Warum hatte sich Betty oft so abfällig über Briefe geäußert? Was gab es in dieser Familie, worüber sie sich eigentlich nicht abfällig äußerten? Betty ließ nichts auf ihren Sohn Paul kommen, nun gut.

Wenn Betty die Wahrheit hören mußte, wenn sie dann, ruhig sitzend bei Olga, einen Schrei ausstoßen würde, so wie es manchmal in Luise schrie, innerlich, ganz innen, die wahre Luise, die leidenschaftliche, die gellend brüllt. So wie die Menschen brüllen im Felsenhof. Falls sie brüllen dürfen. Wenn Betty eine Vision hätte. Eine Vorstellung. Wenn man es Betty in die Ohren brüllen könnte, ihr Gehirn zwingen, einmal Dinge anzuhören, die Johanna zu melden hatte und die Luise nun schon tagelang ertrug. Wenn Betty, elegant wie immer, auf einmal ihre Beine nicht heben könnte, im Schock, gelähmt, festgeklebt auf Olgas niedrigem Stuhl. Sie kann nicht mehr aus ihrer damenhaften Verfassung, ihrer Körperhaltung, sie muß, für immer, so bleiben, wie sie gerade sitzt, in Jugendstil oder Barock oder Biedermeier, oder vielleicht Art déco, aber sie sitzt, raucht, und ihre Hand erstarrt, der Arm bleibt so erhoben, wie sie ihn hebt, wenn sie den Filter an den Mund führt. Was für eine Haßliebe, Luise gesteht es sich ein: Immer hat sie Pauls Mutter beobachtet. In ihr lag das Geheimnis begraben.

Was für ein Kind war Paul? Er hat sich über seine Kindheit nicht geäußert, nur einige Male abwehrend gesagt: Bin ich froh, daß sie vorbei ist. Später kam es schärfer. Erinnere mich nicht. Einmal sagte er: Meine Mutter und eine Freundin haben sich einmal in meiner Gegenwart darüber unterhalten, was für ein Filou mein Vater war. Ich habe geschwiegen, weil ich ja geglaubt habe, mein Vater ist tot. Er wurde regelrecht totgeschwiegen. In der Schule mußten wir dann einen Aufsatz schreiben. Es war ein Thema über Allerheiligen. Ich habe das Wort «Filou» hineingenommen. Daheim gab es ein irrsinniges Gelächter. Ich bin gar nicht dazugekommen, über meinen toten Vater, den «Filou», etwas Näheres zu erfragen. Heute bin ich meiner Mutter sogar dankbar dafür, daß sie mir nichts erzählt hat. Nur, wenn sie mir heute etwas erzählen will, die gute Betty, dann sage ich ihr, daß es mich nicht interessiert.

Wenn Betty also einmal in ihre Zigarette etwas hineinbekäme, eine Prise Haschisch oder wie die bewußtseinserweiternden Grashalme hießen, irgend etwas, wodurch in ihrem Gehirn eine Blinkanlage in Gang gesetzt würde, und Betty würde nur Stimmen hören, nicht irgendwelche verrückten Stimmen von inexistenten Geistern, sondern Johannas Stimme, diese weinerliche, jammernde. Und Olga würde vielleicht auch von so einem Wundermittel naschen, das taube Ohren gefügig macht, und Olga bekäme einen Aufsatz serviert: «Was ich fühle, wenn ich an meine Mutter denke.»

Oh, würde Betty sagen, obwohl sie bereits gefährlich halluziniert, ich sehe, es ist wieder einmal sehr spät geworden, meine Lieben, wollen wir nicht Schluß machen für heute?

Aber Olga hört Betty nicht, denn auch auf Olga dringen Johannas Rufe ein, und jede der Frauen tut, als sei bei ihr alles vollkommen normal. Und sie hören die frische, klare Stimme des Kindes Johanna, das sich freuen kann und etliches kritisiert, so wie Kinder es eben tun, und dann die andere, die müde, die raunzende. Höre, Betty, du hast keine Halluzinationen, du bist nur etwas feinfühliger geworden, es geht dir mehr durch die Haut, und ich, Johanna, sage dir, meiner Tante, und dir, lieber Mutter, was sich einstellt, wenn ich artikulieren soll, was ich denke, fühle.

Und Betty: Gut, sei still, meine liebe Johanna, du hast es mit deiner Mutter weit getrieben, mir war es nie recht, daß du sie quältest, sie ist immerhin meine ältere Schwester, und wer mich respektiert, wie muß er erst meine Schwester achten. Und wenn du, liebe Johanna, nicht sagen kannst, was mit dir ist, so sind wir doch alle eigentlich nur froh darüber, und ich nehme es mit den Stimmen auf, ich lasse mir nichts anmerken. Wir sind doch so traurig, Mädchen, daß du im Felsenhof schmachtest, aber wenn du nicht dort wärst, wären wir noch trauriger. Denn es ist ja zugleich auch eine nicht unbeträchtliche Erleichterung. Wie ja auch die bedauernswerte Lage, in der unsere Mutter sich befindet, für uns in einem weit abgelegenen Spital relativ erträglich geworden ist. Wir Töchter können uns nun etwas freier bewegen.

Und dann soll Betty noch eine ganz andere Stimme hören.

Streng. Mächtig. Die Stimme Gottes! Ja!

Höre, Betty, sagt Gott, der in einem Rollstuhl sitzt, weil seine Beine – Luise stellt es sich so vor: goldene Knie hat Er, und die Beine sind Ihm zerschossen worden im Lauf der gloriosen Menschheitsgeschichte. Gott kann nur von einem Rollstuhl aus immer noch Gott sein und alles wissen, aber nicht eingreifen. Denn dieses Nichteingreifen ist ja Seine eigentliche Tat. O Gott, was muß Betty vernehmen: Höre, Betty! Der Emminger, der ist hier seit zwei Jahren. Der wird immer hier sein!

Dann knabbert Betty vielleicht schnell ein Knäckebrot oder Keks mit bitterer Schokolade überzogen, und sie schiebt es in den Mund, lächelt sogar dann diplomatisch, wenn Gott selbst sich ihr geoffenbart hat. Eine Langenbach-Bodenstet haut nichts so leicht um. Der Gott, das weiß die glückliche Betty ganz genau, ist nur in der Kirche.
Dann muß Betty aber hören: Haben Sie eine Bonbonniere gekriegt? Die Gfraster von de Schwestern! I hab kane kriagt! Und der Sülvi hams as gstohln.
Da lächelt Betty mild, und Olga bietet ihr ein Gläschen Cognac an. Und eine Männerstimme soll in Olgas Ohr fahren: Das war die Frau Steininger, eure Bettnachbarin, liebe Damen. Ihr solltet einmal Johanna sein!
Hilfe, ich bin verrückt, soll es in Betty gellen, Hilfe, ich will hier raus!
Und dann ist schon die nächste Stimme da: Alle wollen wir hinaus! Fast alle! Nur, wir wissen nicht, wohin! Und draußen würden wir uns so benehmen, vor lauter Suchen, daß man uns schnellstens wieder hereintransportiert.
Betty wippt dann vielleicht mit dem Stöckel, froh, daß Olga ihr Album herauszieht und einen der Atlanten, und gemeinsam suchen sie den Berg Athos in Fotografie und Geographie. Immer abstrakt. Das haben die Damen von den Herren gelernt, und darauf sind sie stolz. Sie vertiefen sich in den Atlas, nicken und murmeln, man ist sich einig, seit Jahrzehnten, ohne einander zuzuhören. Jedes Gespräch begann eigentlich damit, daß man wußte, man würde sich einigen, und es gab auch nie Streit, so etwas wäre doch ordinär, nur Pack schlägt sich, nur Pack verträgt sich dann wieder, man kommt einander nie wirklich nah, so muß man einander auch niemals meiden. Und wenn eine Stimme Betty ins Ohr raunen würde: Jede

Nacht furzt und scheißt sie in die Schüssel! Das Zimmer stinkt! Dann würde Olga weitersprechen: Das ist der Athos. Dort war ich mit dem Vater von der Johanna. Ich habe immer gewußt, daß man dort gut gekleidet sein muß, wegen der Mönche. Aber mein geschiedener Mann hat sich einen Spaß daraus gemacht, in kurzen Hosen herumzuklettern. Mich hat das so deprimiert! Denn ich hatte mich viele Jahre hindurch auf den Athos gefreut. Mein Mann und ich, wir haben nicht zusammengepaßt. Ich wünsche mir ja so, daß er jetzt glücklich ist!
Ja, bei der Johanna paßt deshalb auch nichts zusammen, würde Betty denken, es aber verschweigen. Denn man spricht nicht über die Erziehungsfehler, die Johanna hin und her reißen. Papas Werte, Mamas ideale Vorstellungen. Wenn so ein Kind draufgeht und in den Gugelhupf, ins Narrenhaus, kommt.
Greuliche Stimmen sollen über die Damen kommen, über ihren Frisuren kreisen, in ihre Ohren streichen, säuselnd.
Mein Gott, war i glücklich über des Schnitzel heut, was mir der Franz gebn hat, und einen Apfelstrudel hab ich gessen, und eine Schinkenrolle!
Und dann soll Betty noch die röchelnde, schnarchende Frau hören.
Und die Stimme des an seinen Sitz gefesselten Gottes ertönt: Betty, du bist auserwählt, dich in andere hineinzudenken, du, die du immer nur um dich selbst kreist, darfst erfahren, was man auf einem heiligen Berg nicht erfährt, obwohl dort angeblich die Erleuchtung zu Hause ist. Was wirst du erzählen, Betty, wenn du eines Tages vor meinen Thron trittst und der Engel Metatron deine Sünden vorliest? Weißt du nicht, daß Metatron der Engel ist, der alles aufzeichnet? Gesprochenes, Getanes, auch Gefühltes! Es

gibt ein Register bei uns hier oben, das wird von diesem Erzengel geführt, den du dir wie eine Kamera und ein Radio vorstellen kannst, wie ein Magnetophon und eine Kamera mit Selbstauslöser. Wir speichern alles. Metatron ist Video, aber himmlisches! Du wirst dann einen Knicks machen und sagen: Ich war adrett.
Entschuldige, murmelte Olga dann in Gottes unhöfliche Mahnung hinein, du kennst die Geschichte ja. Aber ich habe das nur wieder erzählt, weil ich schon ganz verkalkt bin.
Und Olga sagt das, ohne im geringsten an ihre Mutter zu denken, daß man mit ihr dann vielleicht, wenn sie wirklich verkalkt ist, verfahren könnte wie mit der Eugenie. Aber Olga hat ja einmal betont, daß sie ihre Urgroßtante so bewundert. Die hat den Stuhl nicht halten können und ist auf den Dachboden gegangen und hat sich erhängt.
Aber ich war beim Emminger, flüstert Johanna, und in Bettys Ohr klingt: Je suis très müde. Und gleich darauf wieder Johannas Stimme: Liebe Betty, ich bin gestorben, aber nicht so, wie man dann tot ist, sondern für euch bin ich gestorben, für euch habe ich mich geplagt, eine zu werden, die ich nicht bin. Ich war beim Emminger, Betty, der ins Kloster gehen will zu seinem Bruder und mich immer anglotzt und meine Haare wegschiebt und mir seine Spucke ins Ohr sprüht, weil er mir sagen muß, daß er mir heute einen Nescafé spendieren will. Der Pfleger Kurt fragt mich, ob ich meinen Verlobungsring am Fuß trage! Ich habe ihm erklärt, daß das ein Zehenring ist. Bekanntlich verlobt man sich mit den Händen und nicht mit den Füßen. Obwohl der Herr Kurt ein Flinserl im Ohr trägt und dieses Flinserl vielleicht das Wunder bewirkt, daß du mich hören mußt – ich glaube an die Kraft der Edelsteine und der Metalle –, mich hören kannst, obwohl ich in einem

anderen Bezirk bin, in dem du mich nicht besuchst, denn deine Nerven würden das nicht verkraften, mich so unglücklich zu sehen. Hör dir vom Mitpatienten Meierhofer an, daß seine Rösser nicht da sind!
Hörn S', Frau Wetty, oder wer san S', i bin so froh, daß i mit Ihna endlich redn kann! Frau Wetty, was soll i tuan? Meine Rösser muaß i holn! De san im Prater vurm Ringlgspül! Und die Leopardn! Die Tiger! Aus Schönbrunn! Aber wie bring i die übers Meer nach Amerika? Und meine vier Kinder, die san Dämonen. I siechs nimmer mit mein drittn Aug!
Und neben Betty beginnt ein Mann zu wippen und zu keuchen, springt, redet, immer schneller, und immer mehr Spucke spritzt in Bettys Ohr...
Luise beruhigte sich. Mit welchem Geld hatte Betty eigentlich damals, als es niemand erfahren sollte, die Wohnung neu tapezieren lassen? Als für Paul keine neunhundert Schilling da waren, damit er sich das Seidenhemd kaufen konnte, das er sich so brennend wünschte.
Jedenfalls soll eine unsichtbare Hand Betty packen: Puppi, jetzt kannst nimmer telefonieren. Des wird ja Zeit habn bis murgn. Und wann dir was net paßt, kummst ins Gitterbett.
Oder möchte Betty vielleicht doch noch einen Schluck Tee? Nein, danke, liebe Olga, ich fühle mich sehr wohl. Ich habe nur versprochen, daß ich der Thekla heute noch ihre Magazine zurückbringe. Betty und Thekla, das wußte Luise, lasen nur gemäßigt kritische Blätter zu Problemen der Zeit. In denen nicht stand: Schichtwechsel! So was? Meine Fiaß san ganz gschwolln! Mein Gott, ich brauch a Herzmittel. Gnädige Frau Wetty, habn S' a Herzmittel? Sie habn doch Vitamin B! Beziehungen! Und wie haben S' gsagt zur Johanna, wie sie an eine Karriere geglaubt hat

als Sängerin? In dieser Stadt kommt man nur zu was, wenn ma das Vitamin B hat. Gebn S' mir a Vitamin! Ein Empfehlungsschreiben! Daß i normal bin!
Betty würde niemals auf so plumpe, lästige und zudem ordinäre Stimmen hören. Sie würde sich daheim ins Bett legen und ein gutes, aber mildes Schlafpulver zu sich nehmen. Eventuell eineinhalb. Sie mußte ja morgen wieder blühen. Fit sein. Und dann, so wünschte es sich Luise, als sie vom Lesen des allerneuesten Briefs aus dem Felsenhof, den Hugo ihr neben das Marmeladenbrot gelegt hatte, schon ziemlich erschöpft war, würde aber doch ein Herr Betty am Hals packen. So.
Jetzt kommen die Pfleger. Tagschicht, Nachtschicht, gnädige Frau. Wir befinden uns hier nicht in einer Vision von Kafka, falls Sie diesen Namen schon einmal gehört haben. Wir spielen auch nicht für Sie ein Gruselszenarium des Künstlers Kubin. Ihnen wohl nicht geläufig. Obzwar, die Bildpreise steigen! Vielleicht sagt Ihnen der Name Poe, Edgar Allan, irgend etwas Ihnen aus dem Gymnasium in Erinnerung Befindliches? Nein, wir sind nur in einer großen Stadt, in der es, wie vom Himmel auch gesagt wird, viele Wohnungen gibt. Und der Ridschi, Bettylein, ist locker und elastisch, und die Gerti wird in der Nacht bei dir sein, Betty, wenn du das Licht ausdrehst, die Tagesräume werden zugesperrt. Oh, Betty, du läufst zum Haustor, was hast du mit Paul gemacht? Bettruhe!
Nein, aber am Tor würde nur «Einbahn» stehen, und eine Frau, wie Pauls Mutter, zündet sich eine Zigarette an, atmet auf, kann endlich Olga verlassen, bei der sie ja doch immer an die Johanna denken muß. Es ist ihr so unangenehm, die Olga tut ihr wirklich wahnsinnig leid, und dann wird ihr schlecht, aber nur, weil das alles zuviel für sie war.

«Wir sind fertig!» riefen Hugo und Susi. «Um fünf Uhr kannst du uns erwarten!»
«Ich gehe mit», sagte Luise.
Hugo setzte Susi, als sie im Vorhaus waren, auf seine Schultern, und er nahm Luises Hand, als sei sie wirklich nur die noch beim Gehen unsichere kleine Schwester seiner, falls er sie heiratete, zukünftigen Adoptivtochter.

Johanna las Baudelaire. Sie flüchtete gern in das Reich jener Dichtung, von der man nicht in der Schule sprach. Auf Baudelaire war sie durch Klaus gekommen, wie sie bei Klaus überhaupt die Zartheit und die Zärtlichkeit kennengelernt hatte. Der lange, sanfte Körper. Die zerbrechlichen, von milder Haut überzogenen Schultern. An Klaus konnte sie sich anlehnen, er überragte sie um ein gutes Stück.

Sie hatte ihn in einer Toilette gefunden, sie wollte nur kurz hinein, ein bißchen frisieren, aber da ist einer gelegen, der hat geweint. Sie hat ihm aufgeholfen, er war so mager, daß er nicht gleich wieder aus ihren ohnehin nie starken Armen fiel. Und wenn Klaus weinte, dann tröstete Johanna ihn. Er gestand ihr, daß er Heroin nahm.

Was war denn Sucht überhaupt? Sich in eine bessere Welt hineindämmern. Die Seele in Watte wickeln. So daß ihr nichts mehr von außen zustoßen konnte. Und innen den guten Kern fühlen, den unversehrten. Wie die Flamme einer Kerze, so war die menschliche Seele. Innen heiß.

Jemand konnte diese Flamme natürlich ausblasen. Verwandte hatten eine Begabung dafür, sofort den am meisten verletzenden Ton zu treffen, das am tiefsten schmerzende Wort auszusprechen. Verwandte wußten, wie sie einen Menschen, den sie von Kindheit auf kannten, niedermachen konnten. «In die Schranken weisen», nannten sie es.

Daß sie mich als Säugling gekannt haben, sinnierte Johanna, gibt ihnen das Recht, mit mir heute so zu reden, als wäre ich noch einer.
Sucht. Man hielt es bei sich selbst nicht aus, sehnte sich nach einem Menschen, der nicht da war. Man las, man stand auf, nahm einen Schluck Likör aus der Flasche. Das stand schon bei Wilhelm Busch: «Wer Sorgen hat, hat auch Likör», und das süße Getränk vernebelte einem den Kopf. Man verband ein bißchen Kindheitsnaschen mit leisem Laster. Man konnte so besser einschlafen.
Warum konnte sie denn nie einschlafen? Weil sie sich sehnte. War die Sehnsucht auch eine Sucht? Sollte man aus der Sehnsucht etwas machen?
Beherrschen, würde Olga sagen: Ich finde, man muß seine Gefühle beherrschen.
Solche Sachen sagte auch Luise. Johanna wehrte sich dagegen.
Bei Goethe stand: «Gefühl ist alles.» Und Goethe hat man immerhin in der Schule gelesen.
Die Aufputschmittel. Sie haben doch geholfen, jeden Tag. Das Lernen für die Schule war leichter. Anders hatte Johanna es nie empfunden, als daß sie für die Schule lernte. Die Prüfungen machte sie alle mit Aufputschtabletten. War das Sucht? Es war doch nur Selbsthilfe in einer mechanisierten Welt. Niemand wäre auf die Idee gekommen, Johanna zu fragen, was sie tun wollte. Ob sie vielleicht etwas Praktisches lernen wollte. Der Mensch begann erst mit der Matura.
Besser ein glücklicher Straßenkehrer als ein neurotischer Universitätsprofessor, hatte Johanna einmal in einem Buch über Erziehung gelesen. Sie hatte dieses Buch ihrer Mutter auf den Rauchtisch gelegt. Da, Mami, schau, lies.
Aber Olga hielt nichts von Erziehungsbüchern. Der

Mann, der dieses Buch geschrieben habe, habe nie ein Kind im Leib getragen. Um Antworten war Olga nicht verlegen.
Johanna mußte kleinmütig den Kopf einziehen und ihn wieder zwischen den Schultern steckenlassen, halslos, wie sie sich in solchen Momenten vorkam. «Kinder, halslose Ungeheuer», hatte sie in einem Theaterstück von Tennessee Williams gehört. Warum hatte ihre Mutter sie dann geboren?
Ach, Gott, du fragst Sachen. Weil es normal ist, daß man ein Kind mindestens bekommt, sprach die Stimme Olgas.
Viel Freude kann sie an mir nicht gehabt haben, murrte es in Johanna, wenn es bei einem Kind geblieben ist. Eine Frau, die glücklich ist mit ihrem Kind, die will noch ein zweites und noch eins und vielleicht noch ein viertes.
Hast du eine Ahnung, was Geschwister streiten! hatte Olga gekontert. Eine Mutter, die in einer Familie aufgewachsen ist, in der es immer wieder Streit unter den Geschwistern gegeben hat, gönnt ihrem Kind das Glück, das einzige zu sein.
Johanna hatte der Mutter glauben müssen. Ihr Blick war damals, als sie das sagte, so ehrlich.
Sucht, warum sagen sie denn immer, daß ich süchtig bin, erboste sich Johanna. Weil ich Tabletten genommen habe, um den Tag gut zu überstehen, tüchtig hinauszumarschieren in die Welt, Prüfungen zu machen, mich in Büros zu bewerben, immer mit einem Schuß Lebenshilfe intus, ein paar Gramm Chemie, was sage ich, Milligramm, ein, zwei Milligramm von einer Substanz, und mein Hirn funktionierte, ich fand alles in Ordnung, tat mit, fügte mich, ordnete mich unter. Warum redete man nicht von chemischer Selbstheilung, jeden Morgen, täglich?

Ihre Mutter brauchte Reiselektüre, war süchtig nach Büchern über heilige Berge, heilige Länder, heilige Schiffe und was es sonst noch alles an Heiligem gab auf dieser Welt in einem Buchgeschäft. In der Einkaufstasche schleppte sie sich Gifte heim, süße Romane, große Abenteuerreisen. Ihre Mutter las, ihr Vater betrieb Gesellschaftsleben, jeden Abend eine Einladung, immer klingelte das Telefon. Ihr Vater: süchtig nach Anerkennung. Ihre Mutter: süchtig nach Literatur.
Und sie? Nach ein paar Tabletten zuviel einmal ein Zitteranfall. Die Hände gehorchten ihr nicht mehr. Sie brauchte dann ein beruhigendes Mittel, um die Nerven herunterzudämmen, zu dämpfen, weich zu betten, wie ein Band ums Gehirn, um Kopf und Augen, diese Psychopharmaka: nichts sehen, nichts hören, nichts wissen.
Dasselbe in anderen Ländern: Sprache nicht verstehen, nicht lesen ausländische Wörter, fremde Zeitung, nicht verstehen Nachrichten in Radio, nicht drehen auf Fernsehen.
Sie war weit fortgefahren, war dort Tschusch in Ausland, sie hatte sich wohl gefühlt, sie Analphabetin, herrlich! Klasse! Sie ganz klein wieder, jung, mit offenen Augen, ein Kind. Sie viel lernen: sehen, tasten, schauen, täglich. Bis das Geld ausging, das Visum ablief.
Dann zurück nach Wien, wieder bei der Mami sitzen, ihr erzählen, was sie auf der großen Reise alles gelernt hatte. Mami schleppte gleich ein Buch herbei. «Und den Tadsch Mahal. Hast du den auch besichtigt?»
Johanna war zu Tante Henny gegangen. Die hatte immer Taschen voller Pulver. Arztgattin, sie führte in den Haushaltsschürzenkitteltaschen immer ganze Rationen Schlafpulver, Beruhigungspulver, Aufputschtabletten mit sich. Tante Henny war so stolz darauf, daß sie helfen konnte. Sie

schrieb sogar Rezepte, fälschte die Unterschrift ihres Mannes, und nach ein paar Monaten war Johanna von Tante Hennys Tabletten abhängig.
Es wurde ihr schwarz im Kopf, wenn sie ihr Valium nicht bekam. Sie sah Gesichter doppelt, wenn sie ohne Medikament war. Im Profil, von links, von rechts, von vorne: Ganz so, wie der Mensch, mit dem sie redete, sich bewegte, aber es war, als mache ihr Hirn langsam eine Fotografie, dann noch eine, und dann sah Johanna alle Bilder gleichzeitig.
Grau. Grau im Hirn. Sucht. Das war: Psychose. Das war: geistesgestört.
Johanna konnte nichts mehr wahrnehmen. Und doch hatte sie den Verdacht, daß ihre Welt, die gestörte, die einzig wahre war. Denn an den Hebeln der Welt saßen Menschen, die waren als Kopf, als Regierung, im Verhältnis zum Körper Menschheit das, was Johanna zu ihrem eigenen Körper war: Mörder.
Die Politiker töteten doch den Körper Menschheit fortwährend. Mit welchem Recht schickten Regenten ihre jungen Volksangehörigen in die Kriege? Waren nicht die, die Macht wollten, Macht erlangten und sie dann ausübten, die wirklich Geistesgestörten?
Ein schrecklicher Traum, den Johanna einmal gehabt hat, als sie statt Baudelaire etwas über die Sowjetunion gelesen hatte: Stalin lud ein, es ging um eine Bootsfahrt, viele fröhliche Menschen waren da, Stalin war sehr nett, sein Lachen breit, sein Lächeln verführerisch, die Stimme angenehm. Johanna wäre gern mitgekommen, alle waren heiter gestimmt. Stalin winkte ihr. Flöße ich dir nicht Vertrauen ein? Wirke ich auf dich nicht stark und väterlich? Aber Johanna hielt sich abseits. Sie schämte sich, als sie erwachte, für den Traum. Stalin hatte ja wirklich kein un-

sympathisches Gesicht. War die Welt nicht verrückt? Oder war sie wahnsinnig, so etwas zu träumen? Immerhin, sagte sie sich stolz: Ich habe mich geweigert, bin nicht mitgefahren, habe aber doch gespürt, wie mich das mitreißt: Macht. In der Nähe der Macht, in der Nähe der Sonne. Und hinten, im Schatten, den Stalin warf, der Archipel GULAG.

Meine Sucht, sagte Johanna sich, ist nur der Wunsch, mich zu betäuben, immer wieder, um nichts zu hören, keine inneren Stimmen mehr, keine äußeren, einfach so zu tun, als wäre das, was ich gesehen habe, gelesen, gehört, nicht wahr, nicht existent. Ein bißchen Unschuld, Reinheit, Unwissenheit zurückzaubern in mein Hirn. Glaube, Liebe, Hoffnung.

Das haben ihr die Gifte gegeben. Ein bißchen Gift, und schon war sie gut zugenabelt, zugekabelt, umpanzert und pflegte positives Denken: Alle Menschen sind gut. Goethes Forderung erfüllt: Edel sei der Mensch. Hilfreich.

Sucht, das war der Wunsch, die Welt als eine bessere sehen zu wollen.

Dr. Theos Ordination war eigentlich ein großer Wohnraum, beinah ein Saal, in dem die Wände, voll mit Bildern, an ein kunterbuntes Museum erinnerten. Gravuren, Aquarelle, Ölgemälde, Kultgegenstände aus verschiedenen Kulturen. Und eine goldene Hand ragte aus der Wand, an der das Sofa stand, auf das man sich legen mußte, um vom Arzt die Nadeln eingesetzt zu bekommen. Er stach geschickt. Luise fühlte sich schon, während er sie mit je zwei Nadeln zwischen großer und zweiter Zehe bespickte, besser. Er setzte ihr je eine Nadel aufs äußere und eine ans innere Handgelenk. Auf den Bauch steckte er eine Nadel, an der sie sich ein Fähnchen wünschte: Luise gerettet!
Sie lag und schaute auf die goldene Hand. Es war ein Männerarm, die fest geballte Hand hielt eine Kerze, geformt wie eine Fackel, und statt der Flamme steckte dort eine Glühbirne. Da ist wer. Da steht einer. Hinter der Mauer. Ein Geheimnis. Dahinter steht ein Mann, der tut mir nichts, der geht durch die Wand.
«...von Ihrem Mann, was Sie mir so erzählt haben», sagte Dr. Theo, «ah, ja, die wirken schon», unterbrach er sich, «sehen Sie, das Rötliche! Wenn sich die Haut rötet! Da beginnt die Wirkung.»
Als sie bezahlte, schob er ihr eine Zeitschrift zu. «Da ist Ihr Mann drin. Recht sympathisch schaut er aus. Aber jung!»

Luise schlug das Magazin auf. Pauls lachendes Gesicht. Wie er nie gelacht hatte. So lachte er vielleicht unter Kollegen. Wie er für einen Fotografen lachen konnte! Sie zweifelte an ihm, verachtete, verabscheute ihn. Sie sehnte sich nach ihm.

«Mir wäre lieber, Sie hätten mir das nicht gezeigt», sagte sie.

«Wieso? Sie haben es ja sehen wollen! Sonst hätten Sie ja nicht selbst die Zeitschrift aufgeschlagen!»

«Aber das war automatisch.»

«Na ja, weil Sie noch immer an ihm hängen! Sie haften ihm an. Das ist nicht gut! Man muß verlieren können.»

Dr. Theo sagte diese harte Wahrheit freundlich, und nur deshalb tat ihr dabei nichts weh. Verlieren können. Aber einen Menschen verlieren? Warum?

«Sie wollen immer alles hundertprozentig! Sie sind sehr ehrgeizig, und das ist ja gut, nur: alles mit Maß. Auch die Liebe mit Maß. Man darf nicht einen anderen Menschen mehr lieben als sich selbst. So etwas macht Sie kaputt. Es heißt ja in der von mir nicht sehr geschätzten christlichen Religion nicht: ‹Liebe deinen Nächsten wie dich selbst›, sondern in Wirklichkeit heißt das, genauer übersetzt: Sei zu deinem Mitmenschen nicht schlechter als zu dir selbst. Jedenfalls sollten Sie sich das vornehmen. Und nicht immer alles zweihundertprozentig machen wollen. Hundert Prozent sind schon zuviel. In der Liebe, in allen menschlichen Beziehungen genügt es, daß man eine Sache schlecht und recht macht. Schlecht und recht! Denken Sie daran! Auch mit Ihrer Tochter! Ich halte es ja für einen Fortschritt, daß Sie nicht mehr Tag und Nacht mit Ihrem Kind zusammen sind. Und wenn sich dieser Hugo um Ihre Tochter gerne annimmt, dann seien Sie froh, und lassen Sie die Tochter laufen! Dem Kind seinen Willen lassen

und Ihren eigenen wiederfinden! Und nicht: was wäre, wenn. Der Vater Ihrer Tochter wird zurückkommen, wenn er will. Wenn er nicht will, dann können Sie dagegen oder dafür gar nichts tun.»
Als Luise aus Dr. Theos Praxis nach Hause ging, hörte sie eine sanfte weibliche Stimme eine herrliche Melodie singen. Sie schaute sich um, ob irgendwo ein Fenster offen war und das Radio aufgedreht, aber dann hörte der Gesang auf, und ein Polizist erklärte einer jungen Frau irgend etwas sehr Wichtiges. Der Polizist redete und redete. Die junge Frau nickte. Der Polizist legte seine Hand an die Kappe und schritt bedächtig von der Frau weg, die sich bückte, um einen kleinen Koffer zu heben und etwas hineinzupacken. Es sah aus wie ein Musikinstrument. Luise konnte es in der Dämmerung nicht genau erkennen. Dann sah sie, daß es ein Violinkoffer war. Wahrscheinlich eine Musikstudentin, dachte sie.
«Entschuldigen Sie, bitte, was war das?» fragte Luise.
«Aus ‹Norma›. Von Bellini.»
«Ja, ja», stammelte Luise. «Das war wirklich wunderschön.»
«Das freut mich, daß es Ihnen gefallen hat», sagte die junge Frau und ging weiter. Sie sah ein wenig aus wie Johanna.
Luise schaute der Frau nach. Ihre Gestalt hatte, wenn sie ging, etwas Gehemmtes, Schulmädchenhaftes. Und ich habe ihr nichts gegeben! Sie suchte nach einem Geldschein, fand nur Hundertschillingnoten, rollte eine zusammen, rollte sie auseinander, faltete sie zu einem kleinen Viereck. Wie konnte man Geld, wenn man kein Briefkuvert bei sich trug, dezent überreichen? Sie wollte der jungen Frau eine Freude machen, obwohl sie eigentlich nur die letzten Töne gehört hatte. Warum machten ihre Ge-

danken diese Einschränkung? Das war doch eher Pauls Art.
Sie konnte nicht vergessen, wie Paul sich geweigert hatte, für das Rote Kreuz zu spenden. Luise und er waren frisch verliebt gewesen. Luise war sicher, daß man, wenn man wirklich verliebt und glücklich ist, die ganze Welt eigentlich recht gut findet. Aber Paul murrte oft. Manchmal zweifelte sie schon in den ersten Tagen an seiner Liebe. Er sagte, er liebe sie. Er sagte es sehr ernst. Er sagte, er sei sogar ganz schrecklich in sie verliebt. Damals hatte er jedoch trotz aller Verliebtheit eine abfällige Bemerkung über das Rote Kreuz gemacht. Das Rote Kreuz war nicht wichtig gewesen. Luise hatte ihm erklärt, man müsse geben, wenn man selbst viel habe. Vielleicht hatte Paul das damals nur aufs Geld bezogen. Luise hatte aber doch etwas anderes gemeint!
Sie lief der jungen Frau nach. «Bitte, entschuldigen Sie! Nehmen Sie – darf man – darf ich – Ihnen Geld geben?»
«Freilich!» lachte die Frau.
Sie nahm das Geld, bedankte sich, ging weiter. Geld gibt man, hatte Luise Paul erklärt, wenn man geben möchte und sonst nichts hat. Da unterschätze sie aber den Wert des Geldes, hatte Paul erwidert, und sie stritten dann über Geld. Und Luise stritt oft weiter, nur um ihn davon abzuhalten, zu seinen Kollegen zu gehen, zu all diesen verkrachten Existenzen, wie sie bei sich dachte, Künstlernaturen, all diese dummen, kleinen Schauspieler, warum gibt er sich mit ihnen ab? Aber wenn er zu den Schauspielern nicht gehen durfte, wie er spöttisch feststellte, besuchte Paul Schulfreunde, und bei denen wurde angeblich Haschisch geraucht. Er bat sie oft, ihn zu begleiten. Sie war sich zu gut.
Wahrscheinlich ist es ganz dumm von mir gewesen, der

fremden Frau mit dem Geld nachzulaufen, dachte Luise. Paul jedenfalls würde mitleidig lächeln. Er hatte, wenn er sie ein wenig herablassend und sehr überlegen anlächelte, nie gesagt, was er dabei dachte. Wenn Luise ihn bat, etwas auszusprechen, erklärte er, es sei nicht gut, einen Menschen dauernd zu bitten, alle seine Gedanken preiszugeben.

Luise saß mit Johanna auf der Terrasse des Felsenhofs. Die beiden Frauen schwiegen. Johanna wirkte völlig abwesend. Luise fühlte sich überflüssig.
Damals: Tranquilizer, Ausflug aus dem mittelalterlichen Karzer, der eine Klinik war, im Nachthemd über die Mauer geklettert, nach Hause zur Mutter. Vati und Mami setzten sich ins Auto und brachten Johanna zurück ins Spital. Es war ein Irrenhaus, aber sie durfte dort lesen. Jugendbücher gab man ihr.
Johanna träumte davon, daß sie irgendwo an einem Strand saß und mit jungen Leuten im Meer schwamm. Sie stellte sich vor, daß sie nie mehr essen mußte und schlank blieb. Sie wollte eine schöne junge Frau werden. Sie war auch jetzt schon schön. Sie fand sich nicht häßlich.
Wenn sie in den Hörsaal geführt wurde, mußte sie auf ein Podest steigen und sich ausziehen. Der Professor zeigte mit einem Stab auf sie. Studenten schrieben mit. Johanna wußte, daß sie zum Vorführobjekt geworden war und fand sich benutzt. Ausbruch einer Gespaltenheit des Geistes? Nein, sie war nur anpassungsfähig. Für den Professor gut, für alle Studierenden ebenfalls. Man nannte, was mit ihr war, Magersucht. Anorexie. Lebensunlustig war sie nicht. Depressionen hatte sie keine. Sie war nur unglücklich. Vielleicht Schwermut. Leichte Schwermut. Melancholie. Was war mit ihr überhaupt? Sie wollte nicht essen.

«Ich war einmal magersüchtig», teilte Johanna Luise unvermittelt mit.
«Paul hat es mir erzählt.»
Man hätte sie lassen sollen, dachte Luise still bei sich, dann wäre sie heute tot und das Problem gelöst, sowohl für sie als auch für die anderen, denn Johanna wollte jetzt, mit über dreißig Jahren, nichts als sterben, obwohl sie mit Vorzug maturiert, brav studiert und einen bürgerlichen Beruf erlernt hatte, als Lehrerin einer Hauptschule bei ihren Schülerinnen beliebt war. Aber Johanna war nie glücklich. Auch jetzt nicht. Luise merkte, daß Johanna immer mehr von ihr wollte. Etwas, was sie nicht geben konnte. Zärtlichkeit. Sie empfand für Johanna hauptsächlich Solidarität. Eine kühle Entschlossenheit, Menschen in so einer Lage zu helfen. Um es denen, die nicht in dieser Lage waren und dumme Bemerkungen machten, zu zeigen. In Wirklichkeit benutzte Luise Johanna. Nicht viel anders als der Psychiatrie-Professor mit dem Zeigestab.
Luise konnte nichts damit anfangen, wenn Johanna unglücklich war. «Das bin ich auch!» erwiderte sie lakonisch. – «Aber, was soll man da tun?»
«Nichts. Warten, bis es vorbei ist. Geduld haben mit sich selbst. Ich habe einmal jemanden gekannt, der hat zu mir gesagt: Schlecht geht es dir? Dann laß es dir schlecht gehen! Unterdrücke es nicht! Kämpfe nicht dagegen! Wenn du dich dagegen wehrst, vergeht es nie. Das ist wie mit den Schmerzen. Man muß sie kommen lassen. Schmerz, sei da. Verweile. Schmerz, ich fühle dich so stark. Und dann noch etwas, Johanna. Der Mann hat zu mir gesagt: Geh nur zu Leuten, die dich wirklich mögen. Meide alle die, bei denen du dir nicht sicher bist. Übrigens, der Mann hat im Krieg ein Bein verloren. Und er hat gesagt, daß damit nichts geändert ist, wenn er dauernd an sein Bein denkt.»

«Hör auf. Du deprimierst mich.»
«Ja. Jetzt bin ich auch deprimiert. Gott im Himmel, warum muß ich soviel reden.»
«Siehst du, wenn man ein Pfeiferl raucht, quatscht man nicht soviel. Man ist einfach zufrieden.»
«Laß die Arme hängen! Laß doch alles hängen! Leg dich auf den Fußboden, meinetwegen! Tu nichts mehr! Laß dich treiben! Sei, wie du bist. Tu nichts.»
«Wenn du dich hier auf den Fußboden legst, heben sie dich auf und binden dich irgendwo an. Vergiß nicht, wo wir sind.»
«Ich hab gelesen –»
«Ja, du liest immer soviel!»
«Ich hab gelesen, daß es erlaubt sein müßte in unserer Zivilisation, jeden Tag eine Viertelstunde lang auf der Straße laut zu brüllen. Dann würde es keine Nervenkranken geben, keine Irrsinnigen und keine Selbstmordtoten.»
«Das finde ich schon gut», lachte Johanna, und Luise war, als hätte sie soeben ihr Leben gerettet.
«Lach noch einmal. Bitte, Johanna, lach! Es paßt dir so gut! Du bist wunderschön, wenn du lachst.»
Johanna machte ein angewidertes Gesicht. «Das ist genau das, was ich hasse. Das haben meine Eltern immer zu mir gesagt, meine Tante Betty und meine Großmutter. Daß ich lachen soll. Daß mir das gut steht.»
Luise wußte nicht mehr weiter. Johanna sagte, daß sie müde sei und erschöpft, und sie solle jetzt, bitte, gehen.
Betrübt schlich Luise aus dem Felsenhof hinaus. Sie hatte sich an Johanna schuldig gemacht. Wahrscheinlich, weil sie sie besuchte, ohne sie zu lieben. Weil sie Johanna benutzte, um etwas über Paul zu erfahren.

Je öfter Luise auf den Felsenhof fuhr in der Hoffnung, Paul würde eines Tages zufällig vor ihr stehen, desto stärker wurden ihre Schlafstörungen. Sie wachte um eins in der Nacht auf, setzte sich im Vorzimmer an das kleine Tischchen vor dem offenen Fenster und zündete eine Kerze an. Die Luft wehte kühl herein, aber draußen stand die Schwärze der Nacht, fast schwül, beladen mit Feuchtigkeit, diese Wärme, ungewohnt nach verregneten Maitagen, jetzt wie Dunst, unauflöslich.
H schien etwas zu sein, was ungeheuer zum Arbeiten zwang. Nämlich: Wie bekam man es? Es schien viel Energie verlorenzugehen, wenn man darüber nachzudenken hatte, wie man zu H oder M kam.
Luise wollte Johannas Sprache lernen, um mit ihr reden zu können. Einmal auftrumpfen mit «Ja, das ist orsch! Das ist echt too much!» bis sie begriff, daß Johanna nicht nur zu H und M gegangen war in Ermangelung eines liebevollen Helmut oder Martin, sondern daß sie auch in eine Art Unterwelt des Geistes getaucht war. Anders sprechen als Papi und Mami. Das schien Johannas erster kleiner Triumph gewesen zu sein. Dann die erste Tablette, von der sie sich high fühlte, in einer Bar. Dann die Zeitschrift, in der sie schlanke Mädchen sah, dürre Modepuppen, und das Wandern vor dem Spiegel. Ist mein Popo zu hoch, zu niedrig, zu prall? Diese ständige Selbstbeobachtung, durch die

Johanna dann auf die Idee des Hungerns kam. Bis die Kleider, von Tante Olga genäht, nicht mehr paßten. Jeder noch so enge Rock fiel an Johanna herunter, bis sie selbst eines Tages auf der Straße zusammenbrach. Wie konnte man verhungern wollen?
Luise dachte nach. Es war dunkel draußen. Der Hof war süß und schwer von feuchter Luft erfüllt. Es hätte Luise nicht gewundert, wenn durch den Vorhang, den die Nacht warf, eine kühle Hand gegriffen hätte. Komm, Luise, komm. Mach es wie Johanna. Iß nichts mehr, stirb. Geselle dich zu uns, den himmlischen Geschöpfen.
Aber das war ja verrückt. Sich so etwas auch nur vorzustellen. Im Himmel würde sie Paul auch nicht treffen.
Luise setzte sich an ihren Schreibtisch.

Liebe Johanna,
was mich an Deinen Erzählungen berührt, das ist die Gier. Dieses Wort. Und daß sie ein Schwein ist, um es einmal anders zu nennen. Da mußte ich auf einmal an etwas denken, was ich gerne vergesse. Wie du sehen kannst, bin ich sehr schlank. Ich esse wenig. Manchmal Schokolade, um etwas Festes im Magen zu haben, wie man bei uns daheim sagte. Aber Bitterschokolade muß es sein. Früher habe ich mich immer mit einer Tafel Schokolade belohnt, wenn mir etwas gut gelungen ist. Und es gab auch eine Tafel Schokolade zum Trost. Je älter ich werde, umso weniger Geschmack finde ich nun aber an Süßigkeiten. Meine Gier hat sich verwandelt in: Wissensdurst, in den Wunsch, mich selbst und andere zu verstehen. Du weißt ja, die Psychoanalyse...

Liebe Luise!
Ich schreibe, während ich auf den Einser-Pavillon warte.
Inzwischen ist ein Mädchen mit einem Jesuswahn eingeliefert worden. Sie hält mir und anderen Patienten die Hände, spricht von Jesus, vom Frieden, daß sie ein Schloß in einem Baum gesehen habe. Sie wurde niedergespritzt. Ihr Mann arbeitet bei der Sozialfürsorge. Die Jesuswahnfrau hat Parkstrafzettel von Autos genommen und den Frieden verkündet. Die Politessen haben die Strafzettel wieder an den Autos angebracht. Die Frau hat sie dann wieder von den Autos genommen.
Polizei. Rettung. Einlieferung.
Ich habe mir von ihr die Zukunft aus der Hand lesen lassen. Dann kam die Sylvia ins Zimmer, gefolgt von der Schwester Anita: «Geh, Puppi, was hastn gmacht? Da is ja a Bluatspur vom Balkon ins Zimmer.»
Sie führte einen Bodycheck durch. Ob ich mich irgendwo aufgeschnitten habe. Nachdem sie sich endlich überzeugt hatte, daß das nicht der Fall war, ging die Schwester wortlos und kopfschüttelnd aus dem Zimmer. Nach einiger Zeit stellte sich heraus, daß der Emminger Nasenbluten gehabt hatte.
Ich fühle mich kraftlos. Ausgelaugt. Der «Schweizer Käse», ein widerlicher Margarineaufstrich, rumort in meinem Magen. Ob das noch der Kracher ist?

Jetzt kommt die Giftkutschn. Ich will das Dominal gar nicht, ich nehme keine Neuroleptika.
Morgendliche Depression. Ich habe von der Ärztin geträumt, daß ich sie draußen getroffen habe, in der Straßenbahn, daß die Ärztin mich massiert hat, so wie das Jesusmädchen gestern. Von der Angie habe ich auch geträumt. Daß sie vom Karlsplatz angerufen hat und wir miteinander bei ihr ein Pfeiferl geraucht haben. Die Angie hat irgendwie schlecht ausgeschaut, und sie hat nicht eingesehen, warum ich auf den Felsenhof gegangen bin. Verdammte Schnorrerei. Jetzt kommen wieder die verdammten Schnorrer um Nescafé und Zigaretten.
Laßt mich in Ruhe. Ich krieg das Klumpert ja auch von meiner Mutter und muß ihr dafür dankbar sein. Das heißt, wenn ich alle mitverköstige, muß ich noch viel größere Schuldgefühle haben. Weil ich mehr herschenke als mir gehört. Und weil ich nicht nein sagen kann. Genau wie meine Mutter. Beinhart muß man sein...
Gestern am Abend die Schwester Gerti: «Na, Fräulein Johanna, gestern habn S' aber a dreifaches Tief ghabt. Wenn s' so weidaduan, wean S' ollawei da huckn. Sie wean jo a ned jinga, Sie wean schon segn, bis amai zspät is. Nana, neman S' das Dominal glei, der Dokta wird scho wissn, warum.»
Im Fernsehen läuft ein Fußballmatch. Ich liege im Bett und höre es so laut, wie wenn ich direkt neben dem Kastl sitzen würde. Hinter mir sitzt eine Neue, die die ganze Zeit Selbstgespräche führt. Dann sagt sie plötzlich, ich soll das Fenster zumachen, weil es so zieht. Ich versuche es, habe aber nicht genug Kraft dazu. «Ich kann das nicht. Sag es dem Pfleger, bitte.»
«Was hasd? ‹Kann des ned!› Z deppat bist, Oide. Angschütt...»

Sieben Uhr vier. Frühgymnastik, und das heißt, drei
Minuten Gezappel mit dem lächerlichen Motivations-
pfleger.
«Auf, auf, meine Kinder. Guten Morgen. Wer will, der
kann. Wer kann, der will. Auf zur Frühgymnastik. Wo ist
denn das Fräulein Johanna?»
«Hier.»
«Na, kumm. Rechts, links. Rechts, links.»
«Ich geh heut eh rennen mit dem Erich.»
Mich stinkt der Betrieb hier an. Jede Kleinigkeit, jedes
Wort bekommt für mich eine andere Bedeutung.
Das Jesusmädchen ist traurig, kämpft mit dem Weinen.
Sie bekommt Spritzen, deren Wirkung sie nicht kennt.
Und sie sagt, daß sie die Spritzen nicht will, und wenn sie
fragt, warum sie sie überhaupt bekommt, heißt es nur:
«Sind Sie ruhig, gefälligst. Oder wir werden andere Maß-
nahmen ergreifen.»
Ich habe soviel zu schreiben. Ich weiß nicht, wo ich
beginnen soll. Ich schreibe einen zweiten «Zauber-
berg».
Ich muß aber zugeben, daß es auch positive Menschen
hier gibt. Zum Beispiel eben das Jesusmädchen. Als ich es
fragte: «Wer bist du?» antwortete es: «Weißt du, da war
ein Metall unter der Zentralheizung, und als ich ihm
diese Frage einmal stellte, leuchtete es plötzlich so wunderschön in allen Farben. Und so geht es mir mit jedem
Lebewesen, ob es ein Mineral, ein kleines Würmchen
oder ein Mensch ist oder ein Engelswesen oder ein Cherubin. Jedes Lebewesen und alles, was existiert, hat eine
Seele, spricht zu mir und sagt mir seinen Sinn. Und das
ist wunderschön. Und jede Religion ist eigentlich eine
Ergänzung der Lehre Christi.»
Ich wollte Einspruch erheben, da ich die katholische

Kirche verabscheue. Statt dessen fragte ich: «Also ist es nicht wahr, daß der Mensch sich seinem Schicksal fügen muß, sondern kann er es selbst mit seinem eigenen Willen bestimmen?»
«Freilich, jeder Mensch bastelt sich sein Schicksal selbst. Aber auch jeder Baum, jede Blume, jeder Cherubin und jedes Engelswesen. Alles ist ein Teil Gottes. Unsere Natur ist ein ganz kleiner Teil Gottes.» Plötzlich wurde sie still, lehnte sich zurück, ihre Augen schauten dumpf und traurig, und ganz langsam sprach sie dann: «Ich bin so müde, ich muß mich hinlegen.»
Die Spritze tat ihre Wirkung.
Der jugoslawische Bub Ivo, der immer wieder hier heraufkommt, weil er in der Schule schlimm ist, fragt mich schon zum fünften Mal, was und an wen ich schreibe, und ich gebe ihm zum fünften Mal dieselbe Antwort: «Du, ich kann dir das nicht erklären, was ich schreibe, und ich mag es nicht, wenn du mich so abschmust.» Der Bub ist nämlich unheimlich liebebedürftig und will immer alle Frauen abküssen und umarmen. Hinter mir ist er besonders her. Da habe ich eine Eroberung gemacht!
Die Bulgarin, die hier ist, weil ihr Mann sie geschlagen hat und sie Angst vor ihm hatte. Sie hat daher die Polizei angerufen, nun kommt sie weinend heraus auf den Balkon, weil sie gerade erfahren hat, daß ihr gekündigt worden ist, wegen ihres Aufenthalts hier.
Das Jesusmädchen ist wiederaufgetaucht und winkt den Bäumen zu und spricht mit ihnen. Gestern hat sie mir eröffnet, bei der Fußzonenreflexmassage, daß ich mich bei meiner Empfängnis unheimlich dagegen gewehrt habe, wiedergeboren zu werden – also wurde ich eigentlich «widergeboren»! –, daß ich meine Existenz nicht akzeptiere...

Es gäbe noch so viel zu schreiben. Der abgefuckte
Exgiftler, die hochschwangere Neuaufnahme, die Frau
Steininger, die die ganze Zeit vor dem Radio in ihrem
Winkel sitzt, Ö-Regional hört und die alten Schlager mit-
greint, aber ich muß eine Pause machen. Ich hab
Kopfweh, und die Sonne sticht.
Ich zwinge mich dazu, weiterzuschreiben. Ich bin sehr
nervös. Ich suche seit einer Viertelstunde den Schlüssel,
den ich gerade in meine Rocktasche gesteckt habe. Ich
lege kopflos Dinge hierhin und dorthin...
Zum Mittagessen gefüllte Paprika mit Paradeissauce,
eine Speise, die ich schon von Kind auf verabscheut habe
und daher auch jetzt nicht gegessen habe.
Ich saß am Tisch mit dem Jesusmädchen. Sie aß wie ein
Vögelchen, ein Krümelchen Kuchen, ein Löffelchen
Paradeissauce, ein Fuzelchen Paprika – und dann sagte
sie plötzlich: «Ich glaube, das ist keine Paradeissauce,
sondern Marmelade.»
Dafür aß der Extrankler drei Portionen.
Die Tabsfrau trank nur Kaffee und sprach kein Wort,
und ich beschränkte mich auf Kuchen und Suppe. Es ist
ein Wahnsinn: Das Essen wird einem hineingeknallt,
Suppe, Hauptspeise und Nachspeise auf einmal, und
nach fünf Minuten kommt bereits die Elfriede, eine Hilfs-
schwester, und räumt alles wieder ab. Man muß im Zeit-
raffertempo essen. Und das soll gesund sein?
Die hochschwangere Frau liegt noch immer im Gitterbett, niedergespritzt mit Sordinol, weil sie zweimal
abhauen wollte. Nach ihrer Schilderung ist sie von ihrem
Mann, einem Jugoslawen, gefesselt und geprügelt
worden. Sie hat auch am ganzen Körper blaue Flecken,
dann bekam sie verfrühte Wehen und wollte in ein Spital
eingeliefert werden, wurde aber überall abgelehnt und

schließlich hierher auf den Felsenhof gebracht. Man hat sie mit Spritzen betäubt, ihr den Mutter-Kind-Paß weggenommen, unter anderem, den sie aber am meisten vermißte. Wie die Ärztin ganz cool sagte: «Hier san S' zum Ausruhn, und da brauchen S' gar nix.»
Dann wurde sie ins Gitterbett verfrachtet, obwohl sie ihrem eigenen Gefühl nach jeden Moment ihr Baby erwartet.
Ich muß wieder unterbrechen, da die Irene, das Drogentschapperl, mich zum Spazierengehen abholen kommt.

Liebe Luise!
Du lobst meine Mutter, und Du sagst, Luise, daß Du
meine Mutter nicht hassen kannst, trotz allem, was sie mir
anscheinend getan hat. Ich hasse meine Mutter ja
auch nicht, im Gegenteil, sie war mein Idol, ich war in sie
verliebt wie andere junge Mädchen in einen Filmstar.
Meine Mutter war in meinen Augen vollkommen, ich habe
an ihr keine Fehler entdecken können, denn sie hat selbst
immer wieder ihre eigenen Fehler laut erkannt und sich
über sie geärgert. Es war eigentlich für mich nie möglich,
meiner Mutter zu sagen, daß sie irgendeinen Fehler
macht, sie hat sich ständig selbst korrigiert und kritisiert,
da blieb für mich nichts übrig. Sie hat meine Aufmerksamkeit auf sich gezogen, und mich hat sie ein «Tschapperl»
genannt, wenn Du weißt, was das ist: jemand, der zu klein
ist, sich selber helfen zu können.
Wenn du wüßtest, was für Geräusche ein schlafender
Mensch machen kann. Die Frau neben mir atmet so
schnarchend, daß ich das Gefühl habe, da liegt ein riesiger
Brocken Lunge, der sich hebt und senkt. Um halb fünf Uhr
früh hat sie das Licht aufgedreht, inzwischen ist es hell
geworden, wir müssen Schlager hören und muntere
Sprüche aus dem Radio, und mir ist schlecht, ich möchte
fort von hier.
Bin unterbrochen worden. Möchte nicht lesen, Luise, was

ich Dir schon alles geschrieben habe, sonst erlebe ich alles noch einmal. Ich hoffe, Du wirfst meine Ergüsse nicht gleich in den Mistkübel. Bevor meine Mutter einen Brief schreibt, läßt sie sich die Antwort vierzehn Tage lang durch den Kopf gehen. Sie setzt sich erst hin, wenn alles durchformuliert ist, und dann wird der Brief vollkommen. Ich würde es nie wagen, ihr so spontan wie Dir zu schreiben. So, und jetzt bin ich wieder unterbrochen worden, der Verrückte hat mir von seinem Essen alle Erbsen gebracht und mir aufs Papier gelegt. Über die Drogentherapeutin wollte ich Dir gerade schreiben, daß sie ein Tschapperl ist, aber das ist eben das Schlimme, daß ich nur in den Begriffen denken kann, die ich von meiner Mutter gelernt habe. Sie hat mich aufgefordert, mit ihr über meine Kindheit zu sprechen. Ich habe ihr also erzählt, daß ich ausgelacht worden bin wegen meines Aussehens, wegen meines Benehmens, meiner Fragen, meiner Ausdrücke. Sie behauptet, daß ich anderen die Schuld gebe an meinem Unglücklichsein, und ich weiß dann nicht weiter, denn sie hat mich ja aufgefordert, von meiner Kindheit zu erzählen. Ist deine Psychoanalyse auch so schwierig? Alles kann man ertragen, fällt mir gerade ein, hat meine Mutter oft gesagt, wenn man ein Wofür hat. Oder ein Wozu. Ein Warum. Ich weiß nicht mehr, mir versagt oft das Gedächtnis. Übrigens bin ich froh, daß Du meine Großmutter...
Luise, ich muß Dir gestehen, ich habe zu schreiben aufgehört. Plötzlich mußte ich weinen. Ich habe den Grund ganz tief in mir gefühlt, diesen Grund, auf den ich gehe, wenn ich nur noch ein weinendes Wesen bin, ich fühle mich als Fleisch, das weint. Was sind Tränen? Weiß man etwas darüber? Ich meine, nicht diese wissenschaftlichen Unterscheidungen, obwohl die natürlich wichtig sind.

Träume sind etwas Ähnliches wie Tränen, glaube ich, nämlich, in beiden Fällen kommt etwas heraus. Ich erinnere mich gerade, wie mein Deutschlehrer erzählt hat, im Traum gäbe es kein Gefühl. Weiß nicht, ob es vielleicht mit seinen Träumen so war. Nein, jetzt erinnere ich mich genauer: In den Erinnerungen gibt es keine Gefühle, sagte er. Dem würdest Du sicher nie zustimmen, oder? Wenn die Drogentherapeutin wieder kommt, werde ich ihr von den Eltern meiner Mutter erzählen. Wie sie zu mir waren. Oder vielleicht darf ich den Eltern keine Schuld geben, weil die Eltern meiner Eltern schuld sind an meinem Unglück.
Wo es mir doch, wenn ich zu bin, gutgeht und ich keine Probleme habe. Und damit Du verstehst, was das heißt: zu. «Zu» heißt: voll. Satt. Mein Denken tut mir nicht weh, mich kümmern die anderen wenig, es geht mir gut. Drogen nimmt man, damit es einem gutgeht. Sind Drogen verboten, so ist verboten, daß unglückliche Menschen ihr Wohlbefinden suchen. Ja, aber auf andere Weise, sagt die Therapeutin. So soll sie mir sagen, wie. Niemandem die Schuld geben, sich selbst also? Ich wehre mich dagegen, denn schuldig fühle ich mich, seit ich lebe. Wenn ich zu bin, fühle ich mich wohl. Kinder, fällt mir gerade ein, ganz kleine, scheinen noch dieses gewisse Etwas im Kopf drinnen zu haben, das sie fähig macht, beinah alles, was um sie ist, gut zu finden. Aber schau Dir doch an, wie oft Kinder weinen. Die meisten Menschen mögen Kinder nicht, und nicht nur, weil sie weinen, sondern weil sie auch das blanke Glücklichsein kleiner Kinder nicht ertragen.
«Na, laß mi anglant, i drah durch!» schreit gerade jemand.
Du wolltest wissen, wann es meiner Meinung nach

begann, daß man in unserer Familie nichts anderes
fühlen konnte als einen Horror. Ich weiß es nicht. Oft
fühlte ich mich versucht, meinen Verwandten zu sagen:
Es tut mir leid, daß ich keinen Krieg erlebt habe. Aber
siehst Du, dieser Widersinn! Es muß einem leid tun,
etwas Schreckliches nicht zu kennen. Vielleicht haben sie
uns zuwenig vom Krieg erzählt, ihn aber zu oft erwähnt.
Schlagwort Krieg. Sie waren sich zu gut, mit uns zu sitzen
und zu reden. Ich habe mich jedenfalls mit vierzehn,
nachdem mir eine Schulfreundin mein erstes Aufputschmittel gegeben hatte, bedeutend wohler gefühlt. Ich bin
heimgekommen, stark. Und ich habe mich an den Tisch
gesetzt, stark. Gegessen, geredet, mich eben stark gefühlt,
fähig, habe funktioniert, gelernt, mich hat die Schule,
alles, mehr gefreut mit einem Menocil.
«Das Mädchen mit den zwei linken Händen» wurde ich
genannt. Krautstampfer waren meine Beine, oft habe ich
es gehört. Schön habe ich mich nicht finden können,
wenn ich in den Spiegel schaute. Ich wollte aussehen wie
Mami. Von Tante Elfriede habe ich gehört, daß ich zu
dünn bin, daß ich etwas haben muß zum Ansetzen, und
was wäre, wenn ich krank würde, der Körper müsse vom
eigenen Fett zehren können, essen soll ich, kochen soll ich
lernen, Liebe geht durch den Magen! hat die Tante
Elfriede immer wieder verkündet. Und meine Großmutter: Mit diesen Krautstampfern wirst du nie einen
Mann kriegen.
Ich habe diese Familie satt.
Ich versuche jetzt übrigens, Luise, mit meiner linken
Hand zu schreiben. Das hat man mir ja in der Schule
verboten, aber es gelingt mir nun sogar, wenn ich
meine linke Hand einübe, die Gedanken langsamer zu
machen. Ich muß mich bei einem Buchstaben aufhalten,

die Hand zittert, sie schämt sich, meine Hand, die linke ist so jung wie meine rechte, als ich schreiben lernte: sechs Jahre. Du hast gesagt, ich soll sie wieder lernen, die Freude, am Schreiben. Ich hoffe, ich habe Dich zufriedengestellt.

LIEBE JOHANNA STOP WENN DIE GEDANKEN FLIEGEN STOP DANN ZIEHSTT DU SIE MIT GANZ BESONDERS SCHÖN GEMALTEN BUCHSTABEN HERUNTER STOP MIT DER LINKEN HAND GANZ LANGSAM BUCHSTABEN MALEN STOP UMSO LANGSAMER UND SCHÖNER STOP JE SCHLECHTER ES DIR GEHT STOP DAS MALEN VON BUCHSTABEN SOLL DIR DIE NERVEN BERUHIGEN STOP SO DASS DU DICH WIEDER FREUST WIE EIN KIND STOP DAS ZUM ERSTEN MAL SCHREIBEN DARF STOP WIE ES WILL STOP UND VIEL SPASS BEI ABSICHTLICH GEMACHTEN RECHTSCHREIBFEHLERN STOP NACH LUST UND LAUNE STOP ANDERE FREUDEN SPÄTER STOP WENN DU DIE FREUDE AM KINDSEINDÜRFEN FÜHLST STOP DAS GUTE AN EINEM SPITAL IST STOP DASS MAN WIE EIN KIND SEIN DARF

Deswegen gibt's auch ein Gitterbett, schrieb Johanna auf Luises Telegramm, dann las sie weiter.

MÜSSEN ODER DÜRFEN STOP DAS IST DIE FRAGE STOP WAS MUSS ICH STOP WAS DARF ICH FRAGEZEICHEN STOP DEINE LUISE

Was ich mir wünsche, das ist ein Sklave!» sagte Olga, und lächelte Luise strahlend an, in aller Unschuld, als sie sie zufällig in der Stadt traf. «So ein kleiner Mohr. Ein Negersklave, der mir in der Früh den Kaffee bringt. Ich sage immer: Ich brauche keinen Computer und keinen Roboter, ein kleiner Neger würde mir schon genügen.»
Dann fuhr sie unvermittelt fort: «Ja, das hat der liebe Gott nicht gut gemacht. Die Zähne von uns Menschen, die hat er wirklich nicht gut erfunden. Da hätte er sich etwas Besseres ausdenken müssen und sich mehr Mühe geben können. Jetzt habe ich meine Prothese. Jetzt kann ich ja wieder lachen. Aber ganz so wie mit meinen echten Zähnen ist es natürlich nicht. Zähne sind schon etwas Dummes! Das werde ich dem lieben Gott aber sagen, wenn ich in den Himmel komme. Daß er da etwas ändern muß. Und Mischlingskinder sollte es nicht geben. Mischlinge sind furchtbar arm. Sie wissen nicht, wo sie hingehören. Das werde ich mit dem lieben Gott auch besprechen, er muß verhindern, daß weiße Frauen sich Kinder von Negern machen lassen, nur weil Neger angeblich so gut im Bett sind. Ich finde ja überhaupt, daß Männer arm sind. Die Männer, die sind heute alle wahnsinnig überfordert. Im Beruf sollen sie gut sein, die Konkurrenz wird immer härter, und daheim sollen sie ihre Kinder wickeln. Wenn ich denke, wie mir damals gegraust hat, wenn die Johanna in

die Hose gemacht hat. Und wie ich mich danach gesehnt habe, wenn ich mit ihr spazierengegangen bin, nach der Zeit, wo ich endlich wieder aufrecht gehen kann. Wenn sie dann groß genug sein würde, daß ich so ihre Hand halte. So.»
Olga stand auf. Sie zeigte, wie groß Johanna werden mußte.
«Und dann war ich so froh, wie sie in die Schule gekommen ist! Aber sie hat mir lauter Proletenkinder nach Hause geschleppt. Ich wollte diesen Umgang nicht für sie! Die Kinder in der Gegend von meinem Mann, wo wir damals daheim waren, haben ja so fürchterlich ordinär geredet. Ich habe Johanna nicht erlaubt, daß sie auf die Straße hinunter spielen geht. Die Proletenweiber, die haben ja nichts dagegen gehabt, daß ihre Buben mit den Mädchen in den Gängen Doktor gespielt haben. Ich wollte meine Tochter heraushalten. Ich weiß nicht: Ist das ein Verbrechen? Das, was die Johanna mir vorwirft, daß ich sie habe untersuchen lassen von einem Arzt, ob sie Jungfrau ist, daran erinnere ich mich nicht. Das hat sie vielleicht erfunden. Sie hat ja viel Phantasie. Ich habe mir gesagt: So ein schlechtes Gedächtnis kann ich nicht haben. Angeblich habe ich sie, wie sie fünfzehn war, aus einem Kornfeld herausgezerrt. Sicher, ich erinnere mich, daß sie öfter mit Buben verschwunden ist. Im Dorf, in der Sommerfrische, ist so etwas ja unvermeidlich. Da kann man nicht immer hinter den Kindern her sein. Bauernkinder sind ja auch sehr schlau. Die Landbuben und die Landmädchen sind lieb, rotbackig, aber faustdick haben sie es hinter den Ohren. Ich habe die Johanna nicht immer behüten können. Aber daß ich sie zu einem Arzt gezerrt habe, der sie dann auf den gynäkologischen Tisch gelegt hat, wie sie fünfzehn war, und daß ich mir habe be-

stätigen lassen, daß sie Jungfrau ist, das weiß ich nicht mehr, und wenn es wahr wäre, dann müßte ich ja eine schreckliche Mutter gewesen sein!»

Luise verabschiedete sich schnell. Sie hätte Olga sonst ihre Meinung zum Thema Johanna sagen müssen.

Die Christl, meine Freundin, hat es schon hinter sich», sagte Johanna. «Die hat sich einen Revolver gekauft, hat gesagt, sie macht Schießübungen, hat mich getröstet, als ich sie gefragt habe, warum sie sich einen Revolver besorgt. An einer Waffe ist nicht mehr Magie als an einem Küchenmesser. Komischerweise habe ich sofort an Selbstmord gedacht, wie sie das gesagt hat. Ich meine, ich habe mir vorgestellt, daß ich es mit einem Küchenmesser niemals tun würde. Ja, höchstens die Pulsadern aufschneiden. Aber so ein Messer, mitten ins Herz? Der Goethe verlangt so etwas. Ich habe es einmal gefunden in einem Buch. Selbstmord darf nur begehen, wer fähig ist, sich ein Messer ins Herz zu stoßen, Na ja, also, nein danke! Wer Manns genug ist. Warum muß man für Selbstmord eine Leistung erbringen? Wenn man ein beschissenes Leben gehabt hat, warum muß man dann auch noch kühn sterben? Oder mutig? Ich hab den Film ‹Quo vadis?› gesehen, als Kind. Und da kam ein Selbstmord vor. Aber gar nicht schrecklich. Ein Mann sitzt inmitten seiner Freunde. Er lädt alle zu einem Mahl. Dann tötet er sich. Anscheinend haben die Römer besser gewußt, wie man sich auf angenehme Weise umbringt. Ärzte wissen es sicher auch, dürfen aber ihr Geheimnis nicht verraten. Na ja. Sei's drum, wie mein Deutschlehrer immer gesagt hat. Wie dem auch sei. Das war ein lieber Kerl. Leider schon tot. Gehirntumor. Jeden

beißt etwas anderes. Und in dem Film ‹Quo vadis?›, da stirbt der Römer lächelnd. Er schläft am Tisch einfach ein. Von Freunden umgeben. Freunde. Freunde.» Johanna blieb lange an dem Wort hängen. «Von Freunden umgeben», sagte sie. Aus ihren Augen tropften Tränen.
«Die Christl hat nicht gewußt, wie sehr ich sie mag. Sonst hätte sie nicht die Tür von innen mit Holzbrettern vernagelt und sich erschossen. Sie wollte niemandem zur Last fallen. Steht in ihrem Tagebuch. Ihr Freund hat es mir gebracht. Freund. Ihr Liebhaber halt. Sie hat geschrieben, wir sollen ihr die Daumen halten für ihre nächste Inkarnation. Also, ich krieg jetzt wieder so eine Wut auf deinen Dr. Theo mit seinem Scheißkarma! Die Christl hat geglaubt, wenn sie sich umbringt, kommt sie woanders wieder zur Welt. Vielleicht in Asien. Damit sie sich die teuren Flüge spart. Die Reisen. Die Formalitäten. Der Reisepaß. Die Steuererklärungen. Die Bürokratie. Sie wollte nach Indien fahren. Einen langen Bericht über Nepal hat sie einmal geschrieben für eine Zeitung. Den wollte niemand veröffentlichen. Sie wollte ihn nicht kürzen. Aber die Christl war krank. Sie hat sich zuviel mit Meditation befaßt, hat sich gezwungen, eine Übung zu vollbringen, in der sie Vollkommenheit erreicht. Also diesen ganzen Scheiß, den man in Indien lernt, der für Indien vielleicht gut ist, aber nicht für uns. Sie hat das Bild ihres Meisters herbeibeschworen, hat ihn gesehen, endlich, in Wien, ist auf die Straße gelaufen, hat sich auffällig benommen. Sie hat auf einmal furchtbar viel Angst gehabt, ist nach Gugging gekommen, dort hat man sie niedergespritzt, und sie hat mir gesagt: Die Psychiater haben eine Wunde in mir geschlagen, die wird nie heilen. Sie hat oft am Donauufer gesessen und hat dem Wasser zugeschaut, wie es nach Ungarn fließt. Sie hat sich vorgestellt, was wäre, wenn die Welt

offen wäre, wie meine Mutter sagt, wenn der Hitler nicht gewesen wäre, wenn die Länder alle daliegen würden vor uns. Sie hat gesagt, sie kann sich gar nicht vorstellen, wie glücklich die Menschen früher gewesen sein müssen, als es noch keinen Eisernen Vorhang gegeben hat. Und daß sie nicht daran glauben kann, daß das jemals wieder gut wird, was die Generation vor uns gemacht hat. Und daß sie eine Kommunistin ist. Das hat mich am meisten bei ihr erschüttert, daß sie solchen Blödsinn geredet hat. Nur im Kommunismus wird der Mensch frei. Jesus war Kommunist. Und diesen ganzen Scheiß.»
«Warum ist eigentlich alles Scheiß bei dir?»
«Liebe ist Scheiße! Glauben ist Scheiße! Hoffnung ist Scheiße!»
«Ich bitte dich zu bedenken, daß das, was wir, nachdem wir gegessen haben, produzieren, nicht zu verachten ist. Deiner Mutter graust vor der Scheiße, gut, mir nicht. Ich habe, liebe Johanna, einmal einer alten Frau einen Einlauf gemacht. Es war nicht angenehm. Aber dann habe ich mich gezwungen zu akzeptieren, daß nicht alles gut riechen kann, was gut ist. Denn wichtig ist ja schon, daß wir das, was wir nicht brauchen können, auch wieder loswerden.»
«Liebe ist Scheiße!» beharrte Johanna auf ihrem Standpunkt.
«Man müßte sich vielleicht nur schonen. Immer nur die Hälfte von dem lieben, was wir lieben. Nur halb lieben. Sich immer eine Hälfte Selbstliebe bewahren dabei. Das sagt übrigens auch der Doktor Theo.»
«Ich kann mich nicht mögen.»
«Gibt es etwas oder jemanden, das oder den du magst?»
«Den Paul würde ich gern wiedersehen. Mit dem Paul würde ich gern über Sankt Kathrein reden. Und ob er sich

an die Omi erinnert. Ich würde auch, ehrlich gesagt, die Omi gern aus dem Spital herausholen. Ich muß einmal mit meinem Vater reden, ob er mich für verrückt erklärt, wenn ich die Omi zu mir in die Wohnung nehme und sie dort betreue. Sie können ja dann mir die zehntausend Schilling geben, die das Spital im Monat kostet.»
«Der Paul hat keine Zeit. Deine Mutter möchte ihren Ruhestand genießen. Betty hat keine Zeit.»
«Und du?»
«Wenn dein Vater sich wachend über uns stellt, dann würde ich es mit dir machen und die Eugenie holen. Nur, ich würde mich, wenn es schwer wird, fragen, warum der Paul es nicht macht, die Olga, die Betty.»
«Ich sehe schon, ich habe bei dir kein Glück.»
«Deine Großmutter habe ich gern, aber sie hat für mich nie etwas getan! Warum soll ich mich für deine Großmutter einsetzen?»
«Ich phantasiere ja nur so vor mich hin, wie man ein guter Mensch sein könnte. Und was ich tun könnte, damit ich mich nützlich fühle. Ein Kind möchte ich nicht kriegen. Und ich habe ein schlechtes Gewissen, weil ich keines will.»
Eine Frau ging vorbei. Sie war ungefähr vierzig Jahre alt, hatte ein reines, glattes Gesicht, dunkle Augen, die schwarzen Haare offen, bis zum Kinn.
«Das ist die Herta. Sie war früher Röntgenassistentin. Hat ihrem Chef geholfen, erhöhte Honorare zu kassieren. Hat ein Verhältnis gehabt mit ihm. Hat sich dann in einen anderen verliebt, ist von ihm schwanger geworden. Ihr Chef hat ihr die Abtreibung bezahlt. Er hat sie aber nicht geheiratet, und sie hat Kopfschmerzen bekommen, fürchterliches Kopfweh, ist zu einem Arzt, der hat sie für schizophren erklärt. Sie hat nämlich gesagt, sie komme sich vor

wie der Jesus, sie wisse jetzt, wie dem Jesus zumute war, dann hat sie geglaubt, sie sei Buddha. Sie hat zuviel gelesen, und sie hat erotische Erlebnisse gehabt, nur durch Meditation, und dann hat sie durchgedreht. Ihre Mutter war Jüdin. Sie hat gesagt, ihr Vater war ein Obernazi, der habe geprahlt, er sei dabei gewesen, wie man die ganze dreckige Verwandtschaft abtransportiert hat. Er habe selbst die Tür zugeworfen von einem Waggon, und die Fingerkuppen von einem Verwandten habe er gesehen, wie sie weggeflogen sind. Ihre Mutter hat sich mit Gas vergiftet. Die Herta ist bei armen Leuten aufgewachsen, hat lügen müssen, von Kindheit an, ist geschlagen worden, damit sie lügen lernt. Der Buddhismus hat ihr nicht geholfen. Sie ist nachlässig geworden. Hat im Abendlandtempo nicht mehr mitgehalten. Hat sich nicht mehr gewaschen, nicht mehr frisiert.»

Herta ging an ihnen vorbei. Sie nickte. Ihr Gesicht war wie aus Wachs.

Ich schrecke vor dem Selbstmord zurück. Ich bin für diese letzte Konsequenz zu wenig edel», sagte Johanna provokant.
«Spinnst du? Edel soll das sein?»
«Sicher ist es edel, sich aus der Welt zu schaffen! Wenn man allen immer nur zur Last fällt. Für jeden Menschen ein Ärgernis! Glaubst du, so etwas macht froh?»
«Und an die, denen du abgehst, denkst du nicht?»
«Wer ist das schon? Wer denkt denn an mich? Giftler!»
«Ich denke an dich.»
«Gedanken. Was sind Gedanken.» Johanna sagte es fast verzweifelt. «Einmal habe ich alle Briefe, die mir jemals in meinem Leben geschrieben worden sind, verbrannt. Weil ich mir gesagt habe: Briefe. Was sind schon Briefe. Ich habe die toten Papierhaufen alle angezündet. Dann war mir leichter. Wenigstens habe ich jetzt etwas Böses getan, sagte ich mir damals. Ja, mir war schon klar, daß Briefevernichten etwas Böses ist. Aber besser als aus dem Fenster springen. Oder? Mir haben ja keine Einsteins geschrieben. Die Briefe, die mir etwas bedeutet haben, waren immer aus Indien.»
Luise erinnerte sich an einen Luftpostbrief, sehr leicht, den sie und Paul einmal von Johanna bekommen hatten. Er war blumig, nicht nur, weil Johanna Blümchen gemalt und Gedichte geschrieben hatte, kleine, nicht besonders

genaue, eher waren es Träume, so knapp erzählt wie ein kurzes Gedicht. Mehrere kleine Gedichte, dazu englische Anreden, Freundschaftsbeteuerungen, Küsse, «I love you», «I am happy». Luise hatte sich mit Paul gefreut, daß es Johanna gutging. So selten, daß jemand sich bei ihnen meldete, ohne ein großes Problem zu haben.
«Du denkst an mich.»
«Ich denke nicht nur, ich setze mich auch in die Straßenbahn und fahre zu dir.»
«Na ja, aber nur, weil du helfen willst. Du kommst ja nicht, weil es dir Spaß macht, dich mit mir zu unterhalten.»
«Jetzt raunzt du schon wieder.»
«Ja, ich weiß. Das wirst du mir nicht abgewöhnen.»
«Warst du selbst eigentlich auch schon einmal beim Doktor Theo?»
«Geh! Der grausliche Kerl! Der kann mir gestohlen bleiben! Weißt du, was der gesagt hat? Er würde mich nicht heilen können, dazu sei es zu spät. Vielleicht hätte ich in einer anderen Inkarnation mehr Glück.»
«Der hat gemeint, du sollst dich umbringen? Oder wie?»
«Nein, der redet vom Karma. Daß alles Karma ist. Seine Karmaideen hängen mir zum Hals heraus. Mich hat der Buddhismus nie interessiert. Ich mag keine Religionen. Mir hat es in Indien gefallen, weil dort alles locker ist und das Leben sich auf der Straße abspielt. Das kann man sich hier in Wien gar nicht vorstellen, was für einen langsamen Tag man hat, wenn man in Indien auf die Straße geht. Was man dort alles sieht. Da wird einem so leicht. Keine Eile. Du brauchst keine Uhr. Kein Streß. Wenn du dann nach Wien zurückkommst, bist du deprimiert. Du möchtest sofort wieder weg, kannst aber nicht, weil du woanders dann auch irgendwann merkst, daß du nicht hingehörst. Der

Doktor Theo hat nur gemeint, ich müßte es aushalten. Und wenn ich dann wieder auf die Welt käme, würde ich mich schützen vor Heroin. Und lauter solchen Quatsch. Ich bin gar nicht mehr hingegangen. Ich habe ihn nicht einmal bezahlt. Das soll die Mami machen, die schwört auf ihn, seit er sie von ihren Knieschmerzen befreit hat. Von so einem unappetitlichen Kerl würde ich mir keine Nadeln ansetzen lassen. Der hat ausgesehen wie eine Eidechse.»
Johanna schwieg eine Weile, dann fuhr sie fort: «Mir fehlt auch die Sicherheit, daß nach meinem Tod dann Ruhe ist. Ich habe Angst, mich zu überleben und mir dann gar nicht mehr helfen zu können, ohne Körper. Daß ich dann um mich selbst schwirre als wilder Geist. Ja, lach nicht! Daß ich im Universum auf und ab schwebe und auch dort die Ordnung störe. Ich passe nicht in die Bahnen, die angeblich der liebe Gott lenkt. Ich würde allen anderen Verstorbenen auch nur auf die Nerven gehen. Es gibt ja bei uns keine Selbstmordberatung. Alle raten sie nur vom Tod ab. Andererseits tun sie, als würde nach dem Tod etwas auf uns warten. Also, diese vielen Bücher, Leben nach dem Tod, die habe ich ja gelesen. Und auch die aufklärerische Literatur. Das Gedicht von Brecht, kennst du es? ‹Nachher ist nichts.› Er sagt es kalt. Aber er sagt es so, daß einem wohl ums Herz wird. Ja, ich habe Angst, mich zu überleben. Das Wilde in mir. Das Ungeordnete. Alles, was jetzt im Entzug aus mir herausbricht. Ich möchte immer nur schreien. Dem ist mit Tod nicht beizukommen, denke ich. Dann weiß ich aber, daß ich nur feige bin. Daß ich Angst habe, genau wie Hamlet. ‹Das Land, aus dem kein Wanderer wiederkehrt...› Ich halte mich fest. Ich will nur weg. Alles, was mich am Leben hält, ist Angst. Kein Vertrauen. Angst vor Gott und Angst vor den Menschen.»
Johanna zitterte.

Liebe Luise!
Ich bin so unglücklich, Luise, nach Deinem Besuch. Die ganze Zeit muß ich an unser langes Gespräch über Selbstmord denken. Du hast soviel geredet, ich war erschöpft, habe es Dir gesagt, und in Deinen Augen war ein Ausdruck, als ob Du enttäuscht wärst. Ja, ich weiß, man soll sich nicht umbringen, nur, Deine Art, darüber zu sprechen, macht mich nicht gerade optimistisch. Ich will es doch nicht nur deshalb nicht tun, weil andere meinen Selbstmord dann nicht verkraften können, sondern ich will es nicht tun, weil ich leben will.
Ein Plus für mein Leben hättest Du mir geben sollen, und Du hast nur die vielen Minusstriche gezeichnet, die mein Selbstmord für andere bedeuten würde. Was ich am meisten vermißte, das war, von Dir zu hören, daß Du mich liebst. Und eigentlich möchte ich nichts anderes als, ehrlich gesagt, einen Hacker. Und dann eine Spe mit Genuß rauchen und der Asche beim Herunterbrennen langsam zuschauen, auf dem Bett liegen, eine Kerze anzünden, angenehme Musik hören und nicht mehr nachgrübeln.
Ich glaube, ich möchte mich wirklich umbringen. Ein paar Röhrln Perdomal. So wie der Xaverl mit den langen Haaren, vorne ohne Zähne, den man zusammen mit seiner Freundin in Schönbrunn gefunden hat. Er war

schon tot. Der Glückliche. Sie konnte noch gerettet werden, die Unglückliche. Sie war im Winter zusammen mit mir hier.

Liebe Luise!
Du kannst meine Briefe alle wegwerfen. Aber es liegt mir
sehr viel an diesem Text – hoffentlich ist meine Schrift
halbwegs leserlich. Er ist wie ein Gedicht, glaube ich.
Aber Du mußt ihn ganz langsam lesen. Vielleicht lies ihn
gar nicht. Alles ist möglicherweise eine abstruse Gedan-
kenkonstruktion. Auch kann ich mich in meiner Entzugs-
situation nicht wirklich konzentrieren. Das alles habe ich
Dir ja schon gesagt. Aber ich will, daß Du Dich nicht
belastest. Ich habe das Gefühl, ich habe hier etwas
geschaffen. Aber vielleicht ist es Mist.

DER LETZTE PAVILLON

Ein Gedanke von Johanna…
(wünsche mir ein Pseudonym)

Der LETZTE PAVILLON, das ist der, in dem die Frau
                mit der Kerze sitzt und betet.
Dort hat man ihr ein Zimmer eingerichtet und ein Bett.
Wer sterben will, muß durch den Park zu ihr gehen.
Im Zimmer muß der Mensch, der sterben möchte, es
                            selbst tun.
Jedoch ist jene Frau bei ihm, die er ohnehin schon
                          gesehen hat.
Sie geht am Tag im Park spazieren.

Man kann mit ihr reden.
Sie lebt dort.
Wer sterben will, geht in der Nacht zu ihr.
Es darf gesprochen werden.
Sie verharren in Andacht.
Wer dann sterben will, nimmt das Gift zu sich
oder wie immer er sich töten möchte.
Er darf es sich aussuchen.
Der Tod ist individuell, die Todesart persönlich.
Die Frau ist anwesend mit ihren Händen, ihrem Blick.
Sie ist da, die Sterbenden hinüberzugeleiten.
Eine Priesterin des Jenseits.
Sie steht als menschgewordener Engel an der Pforte.
Sie möchte selbst schon hinüber, aber sie möchte zuerst
                            den anderen beistehen.
Sie ist die Frau, die beim Untergang der Titanic für Rettungsboote sorgte und erst dann als letzte in ein Boot stieg.
Todesengel wird sie genannt. Trösterin.
Manche Menschen verteufeln sie, beschimpfen sie.
Aber die Menschen waren seit jeher verschieden.
Solche, die den Tod fürchten und solche, die sich nach
                            diesem Zustand sehnen.

Die Tochter, die sich von den Eltern verabschiedete.
«Ich gehe in den Tod», sagte sie. «Ich habe mich
entschlossen.»
«Gut, wenn du willst», sagte der Vater. «Aber mach mir
keine Schande! Kehr dann ja nicht mehr um! Komm ja
nicht wieder zurück!»
«Mach dem Papa keine Schande», sagte die Mutter.
«Wenn du dich entschlossen hast, dann bleibe dabei.
Überlege es dir gut!»
Das Mädchen erschrak, zeigte aber sein Erschrecken nicht.

Es war nicht üblich in dieser Familie, irgend etwas
           anderes als Fleiß zu zeigen.
Sie packte ihre Sachen.
Während sie packte, dachte sie: Sie fragen mich nicht
einmal, warum ich sterben möchte. Sie nehmen das ein-
                                  fach so hin.
Dann wollte sie sich von ihren Eltern verabschieden, aber
       der Vater und die Mutter hatten sich versteckt.
Sie konnten das nicht mitansehen, wie ein Kind von
                     ihnen in den Tod ging.
Schlimm genug, daß es sie gab, diese Einrichtung!
Daß heute schon jeder Mensch sterben durfte!
Jeder noch so dahergelaufene Kerl durfte sich bei der
Stelle melden und sein Leben abgeben!
«Das gehört doch verboten», sagten die Eltern.
«Das ist doch nicht normal! Was wir für eine Regierung
jetzt haben, die das erlaubt!»
Sie empörten sich, während das Mädchen den Koffer
packte und sich dann allein auf den Weg zum Bahnhof
                                     machte.
Sie mußte von jemandem Geld ausleihen und sagte:
«Mein Vater zahlt es Ihnen zurück. Ich gehe ins Haus
des Todes. Borgen Sie mir das Geld.»
Die fremde Frau riß das Mädchen an sich und schüttelte
es: «Ich gebe dir kein Geld! Bleib bei mir! Geh nicht
sterben! Du bist so jung!»
«Aber ich habe es meinen Eltern schon gesagt, und sie
waren einverstanden.»
«Das glaube ich nicht! Sie haben sich nur nicht zu helfen
gewußt.»
«Bitte, lassen Sie mich gehen!»
«Von mir bekommen Sie das Geld nicht», sagte die
fremde Frau.

«Ich bin dagegen, daß Sie sich umbringen! Windelweich
müßte man Sie schlagen!»
Aber sie redete nur.
Das Mädchen hatte schon gehofft, ein paar Prügel
                würden sie wieder zum Leben erwecken.
Oder daß man sie umbrachte, anstatt daß sie es selbst tun
                                    mußte.
Sie fuhr autostop in die Stadt zum Haus des Todes.
Dort stand eine lange Reihe von Menschen.
Viele Junge und viele Alte waren zum Sterben bereit.
Täglich zogen sehr viele Menschen den Tod dem
                            Leben vor.
Es war fast wie in den Gaskammern des Dritten Reiches,
nur mußte man hier nicht die Kleider ausziehen und
                durfte anbehalten, was man trug.
Wer Ohrringe hatte, wurde mit den Ohrringen
                          begraben.
Es gab keine Leichenschändung und keinen Raub.
Auch keine Morde.
Jeder tötete sich selbst, wenn es soweit war.
Manche zogen es vor, gemeinsam zu sterben.
Andere, die einander gerade kennengelernt hatten, zogen
zu zweit wieder ab, gingen durch die andere Tür, die
            immer offen war, wieder hinaus.
Bei den Eltern aber wurde ein Kind abgemeldet, wenn es
              das Haus des Todes betreten hatte.
Es mußte dann auch einen neuen Namen annehmen.
Eine Zeitlang ging, wer nicht gestorben war, ohne Namen
                                  herum.
Er trug nur das Etikett «Lebender Leichnam», «Lebens-
            abgewandt», «Bitte, schonen».
Dann, wenn der Lebenssaft wieder ins Rinnen kam,
  wählte der Betreffende einen Namen für sich aus.

Er durfte aber nicht zu den Eltern zurück.
Das wurde ihm streng untersagt.
Eltern, die damit einverstanden waren, daß ihre Kinder
sich umbrachten, durften nicht verständigt werden und
hatten vom Staat aus nicht das Recht, sich Eltern zu
nennen.
Ihnen wurde der Besitz «Kind» entzogen, und sie
bekamen auch keine Kinderbeihilfe mehr.
Auch steuergünstige Abschreibmöglichkeiten
verloren sie.
Sie mußten den Namen des Kindes aus ihrer Familien-
liste tilgen und sich mit den anderen Söhnen und Töch-
tern begnügen, die sie hatten. Das Kind aber, das nicht
zu ihnen gepaßt hatte, war frei.
Niemand durfte sich ihm nähern und Vater oder Mutter
spielen.
Das Kind war verwaist und ging als echte Waise durch
die Welt.
Niemand durfte es nach seinen Eltern fragen.
Vom Haus des Todes bekam es eine rosarote Papier-
blume zum Anstecken als Kennzeichen, sobald es sich
entschlossen hatte zum Weiterleben.
Dann ging ein solcher Mensch mit dem Zeichen «allein»
durch die Welt.
Es bedeutete auch «ohne Herkunft».
«Ohne nähere Verwandte.»
«Vogelfrei», bedeutete es außerdem.
Aber nur für die, die Gegner des Hauses des Todes waren.
Sie bekämpften es, indem sie auf solche Menschen
schossen.

Luise nahm sich vor, Paul so bald wie möglich anzurufen. Ihr kam vor, daß Johanna in Gefahr war. Der letzte Brief mit dem Text hatte sie aus der Fassung gebracht.
Sie sah die Wände ihrer Wohnung immer enger werden, ging auf die Straße, Hugo war mit Susi im Theater, ein Märchen wurde gespielt, sie hätte mitgehen sollen. Sie setzte sich in ihr Auto und merkte bald, daß sie gegen die Einbahn fuhr. Alles in ihr war so dunkel. Sie mußte ihren Groll überwinden, diese lächerliche Eifersucht auf Johanna, den innigen Kuß vergessen, der Jahre her war, vielleicht hatte sie auch nicht genau hingeschaut, nur viel zu lange geträumt und sich eingebildet, daß der Kuß, den die Cousins einander gaben, ein sinnlicher war.
Ihr fiel ein, was Paul einmal gesagt hatte. Ich könnte dich töten. Es klingt pathetisch, hatte Paul hinzugefügt, aber es ist wahr, dich könnte ich töten.
Sie hatte nur gelacht. Es freute sie. Daß er so stark an ihr, wie ihr vorkam, interessiert war. Und sie hatte gerade vorher gedacht: Ich bin ihm gleichgültig.
Sie hatte nur gelacht, und dann glaubte sie ihm nicht, denn er hatte es so ruhig gesagt.
Du hast mich nie geliebt! schrie er einmal.
Wenn du so auf einer Bühne bist, so unglaubwürdig, hatte sie spitz geantwortet, dann wundert es mich nicht, daß du kein Engagement an einer großen Bühne bekommst.

Damals stürzte sich Paul übers Bett auf sie, drosch mit den Fäusten auf ihren Nacken ein. Das war vor Susis Zeugung gewesen, Susi war damals noch nicht einmal gedacht, Luise nahm die Pille. Und Paul drosch auf sie ein, es tat ihr gut, sie war froh, ein so starkes Gefühl in ihm erweckt zu haben.

Am nächsten Tag beschwerte sie sich aber, und die Beschwerde war aufrichtig. Schau, wo du hingehaut hast. Das tut weh, Paul. Der ganze Nacken tut mir weh von gestern.

Aber das hast du doch gern, murmelte er.

Nein, das habe ich nicht gern. Ganz ruhig sagte sie es.

Paul schaute nicht zu ihr. Es wurde dann auch nicht weiter darüber geredet.

Paul in den Arm beißen. Seine Fäuste wieder im Nacken spüren. Paul ins Gesicht schlagen. Das war etwas ganz anderes. Das war, wenn die Worte nicht mehr galten, wenn jedes Wort gespielt, jedes Wort in der Luft, irgendwo, nicht mehr traf.

Es hatte sie nichts mehr berührt, seit Jahren. Sie wußte es. Es hatte kein Wort mehr gegeben, das sie traf, und die Worte Johannas hatten ihr das bewiesen. Zum ersten Mal war sie nun bewegt. Sie merkte, daß Johanna ihr bis jetzt niemals wirklich leid getan hatte.

Luise wählte Pauls Nummer. Paul hob selbst ab. «Ich habe es noch nicht verdaut», sagte er. «So wie du mich behandelt hast, wie einen dämlichen Hausangestellten, das habe ich nicht verdient.»

Sie wußte in der Aufregung nicht, wie sie sich gemeldet und was sie als erstes ins Telefon gesprochen hatte. «Es tut mir leid, Paul. Alles tut mir so leid. Bitte! Es tut mir so leid! Ich habe dich nicht verstanden, Paul.»

«Ich glaube, Luise, wir haben uns beide nicht verstanden.»
Sie wußte nicht: War das eine Aufforderung an sie weiterzureden? Meinte er damit etwas Bestimmtes? Bedeutete es, daß er gleich alles erklären würde?
Es tat jedenfalls gut, seine Stimme zu hören.
«Heute habe ich letzte Vorstellung», sagte er. «Ich ruf dich dann nächste Woche mal an.»
«Nein, Paul, es ist wegen Johanna. Sie ist im Spital. Eigentlich ist es ein Irrenhaus. Es geht ihr nicht gut. Sie möchte dich sehen.»
«Wenn ich letzte Vorstellung habe, bin ich down. Ich melde mich dann schon.»
«Kannst du sie nicht besuchen kommen?»
«Ich werde sehen, ob ich kann.»
Sie wollte etwas sagen, aber er hatte schon «Servus!» gesagt und erklärt, daß er auflegen müsse, jemand sei gekommen.
Und sie legte auf, gehorsam, nickend, und erst dann merkte sie, daß sie ein zitterndes Häuflein war, und sie hätte ihm gern so vieles durchs Telefon geschrien: Ich liebe dich! Ich liebe dich! Ich habe Sehnsucht nach deinem Gesicht, nach deinen Händen, nach deiner Stimme, nach deinem Mund. Ich hab dich so lieb! Ich möchte für dich gut sein und weiß nicht wie!
Komm aber nicht in die Vorstellung, hatte er gesagt.
Sie fing jetzt diese Worte, die sie überhört hatte, wie etwas Kostbares ein. Da war noch ein Satz! Es kam ja noch mehr, vielleicht würde er noch viel mehr zu ihr sagen, zu ihr gesagt haben, sie lauschte.
Da bin ich zu nervös.
Es hatte so gutgetan, seine Stimme zu hören. Sie jetzt noch zu kosten, in der Erinnerung, neben dem Apparat, den sie

streicheln wollte. Aber wenn sie Paul wiedersah und nur sie ihn liebte und er sie nicht?

Lieber Gott, hilf meinem Paul und mir, daß wir einander besser verstehen, wenn wir einander bei Johanna im Park des Irrenhauses begegnen. So ein Park ist doch ein guter Ort für Liebende, die sich getrennt haben. Lieber Gott, du weißt, wie gut Paul ist. Lieber Gott, laß mich ihm etwas wert sein. Lieber Gott, laß ihn fühlen, wie ich bin. Daß auch ich gut bin. Gib dem lieben Buben ein liebes Herz. Laß ihn nicht so grausam sein, wie ich es vielleicht war. Lieber Gott, hilf mir bei allem, was dann sein wird, wenn ich ihn bei Johanna sehe. Beschütze uns. Ich habe der Johanna soviel geholfen. Jetzt hilf du mir. Ich möchte meinem Paul gerecht werden. Lieber Gott, verzeih, daß ich dich um etwas bitte. Aber ich habe der Johanna wirklich soviel zu helfen versucht, weil ich gedacht habe, daß du mir dann den Paul zurückgibst.

Weißt du, über Selbstmord habe ich oft genug nachgedacht, wenn eine Beziehung in die Brüche gegangen ist und ich mich allein nicht zurechtgefunden habe. Die bin ich nicht mehr, die sich die Pulsadern aufschneiden wollte», sagte Luise zu Johanna. «Und die bin ich auch nicht mehr, die sich von einem Hochhaus hinunterstürzen wollte. Die Luise, die nicht leben konnte, die bin ich nicht mehr, will ich nicht mehr sein. Allerdings bin ich auch nicht die, die von sich sagen kann: Leben? Freilich lebe ich gern. Ich sehe nur, daß es vielen Menschen geht wie mir, und ich denke, das muß eine Ursache haben. Daß es nicht das Menschsein an sich ist. Es muß eine tiefe Ursache haben, daß Menschen unglücklich sind. Das hat vielleicht sogar einen Sinn, den wir nicht verstehen können, so wie wir beide ja auch nicht wissen, wie es möglich ist, daß eine Rakete bis zum Mond gelangt. Dazu müßten wir viel studieren. Dann würden wir verstehen, wie Weltraumfahrt möglich ist. Und wahrscheinlich gibt es ein Wissen, das uns ebenso fremd ist, nicht zugänglich. Die Heiligen haben über dieses Wissen verfügt. Und manche Menschen, die zufrieden sind, wissen es auch. Es muß etwas sein, was unsere Eltern nicht gewußt haben, sonst hätten sie es uns mitgegeben ins Leben. Es geht jetzt darum, Johanna, daß wir dieses Wissen finden. Ich nehme an, man muß darum kämpfen, wenn man leben will.»

«Du hast aber gesagt, daß du manchmal auch nicht mehr leben willst.»
«Ich lebe. Und ich möchte mich nicht umbringen. Also bleibe ich. Meine Susi hilft mir viel dabei. Und damit das Leben erträglich wird, brauche ich auch ein Wissen. Die Psychoanalyse ist eine Möglichkeit, eine Art Wissen zu erlangen. Und dann gibt es da noch die Hoffnung, aber die ist vielleicht doch zu irrational. Du bist ja nicht rauschgiftsüchtig. Das Gift, das wolltest du nicht. Nur deinen Rausch. Du warst rauschsüchtig. Vielleicht gibt es ein Wissen, an dem man sich berauschen kann, ohne daß einem jemand dieses Wissen jemals wieder entzieht. Das Ewige Heroin, wenn du den Ausdruck erlaubst. Verzeihst du ihn mir? Ich meine: das, was der Mensch in sich hat. Die Substanz.»
«Redest du ins Blaue?» fragte Johanna. «Oder sprichst du von etwas, was du kennst?»
«Ich möchte dir gestehen, daß ich es kenne. Aber ich kann es dir nicht einpflanzen. Ich habe es in mir, das Wissen. Manchmal ist es ein Rausch. Wahrscheinlich so schön, wie für dich das Heroin schön war. Nur, ich habe es mir erkämpft, Johanna. Ich mußte viel leiden. Es wuchs in mir. Der Sesam in mir ging auf. Sesam, öffne dich! Du kennst ja die Geschichte. Man spricht, und es geschieht ein Wunder.» Vielleicht kommt der Paul ja wirklich zurück, dachte Luise bei sich.
«Du hast mich erschöpft», sagte Johanna. «Jetzt bin ich sehr müde. Aber ich werde nachdenken.»

Seit Tagen fuhr Luise jeden Tag auf den Felsenhof, obwohl sie eigentlich schon kaum noch konnte. Sie dachte an Susi, an Hugo, Paul. Sie wartete täglich auf seinen Anruf. Johanna befand sich noch immer auf der Wartestation, um einen Entzug zu machen und später eine Therapie. Luise fühlte sich einsam. Sie wußte nicht, wie, wodurch, auf einmal. Die Zeit der schwersten Melancholie war von Luise jahrelang übertüncht worden. Sie verstand das Elend, in dem Johanna sich befand. Luise kam es vor, als seien sehr viele Menschen verrückter als die im Felsenhof. Dort gab es wenigstens Wahrheit: echtes Elend, ohne Verschleierung. Selbst die Ärzte waren unglücklich.
Luise fühlte sich jetzt so wie: Koffer packen und wegfahren. Endlich einmal fort von hier und woanders anfangen. Etwas Neues beginnen. Sie beschränkte sich darauf, die Wohnung aufzuräumen und fühlte sich dann besser.

Liebe Luise!
Also, das muß ich dir jetzt sofort schreiben, als Intermezzo.
Der Ridschi, ein lieber Pfleger, ist in mein Zimmer gekommen. Ich lag gerade auf dem Bett und las Deinen Brief. Plötzlich kam er näher und fragte: «Ja, Mädl, was ist denn mit dir passiert? A richtig fescher Has', wie ma so sagt.»
Wenn es jemand anderer mit diesen Worten gesagt hätte, wäre ich vielleicht nicht so erfreut gewesen, aber beim Ridschi weiß ich, wie es gemeint ist, als ehrliches Kompliment nämlich.
Halb ein Uhr früh: Ich hatte ein eigenartiges Erlebnis. Heute habe ich zum ersten Mal hier am Felsenhof ferngesehen. Einen Film mit Sydne Rome. Auf die ergreifende Handlung will ich nicht näher eingehen, weil sie eigentlich nichts mit meinem Erlebnis zu tun hat. Der Film war originell, ganz komisch, und mit der Musik von Roxy Music, einer Gruppe, auf die ich sehr stehe. Es ist nicht zu glauben, aber es hat mich angetörnt, zwar ein eigenartiger Törn, aber schön. Ich habe die Augen geschlossen und mich in den Rhythmus der Musik hineingehört und -gefühlt, bis er meinen ganzen Körper ergriffen hat, und plötzlich war ich Sydne Rome, die Stripteasetänzerin, die zu dieser Musik zwischen den chaotisch durcheinander-

fahrenden Autodrom-Autos hindurchtanzte, souverän, erotisierend, elektrisierend, verführerisch lächelnd. Ja, das war mein erstes eigenartiges Erlebnis auf Nüchterntörn.
Mir wird langsam klar, daß ich nicht vollständig schreiben kann, was hier passiert. Aber das darf kein Hintertürl dafür sein, daß ich sag «Scheiß drauf» und es ganz bleiben lasse.
Aus einem anderen Pavillon schallen unartikulierte Schreie herüber. «Hülfe, Hülfe!»
Der widerliche Trankler: «Do draht scho wieder ane durch.»
Die Schwester Dita: «Jojo, die wü nie badn gehn.»
Warum bin ich jetzt zum dritten Mal hier heroben, um mich von meiner Sucht heilen zu lassen? Weil ich es draußen nicht mehr derpackt hätte, weil mir alles zuviel wurde, weil ich Angst hatte, körperlich ernstlich krank zu sein. Nun gut, die physische Seite ist jetzt also abgeklärt.
Also, man, das heißt jemand, der Drogen nimmt und damit aufhören will, der Giftler, kommt hierher, um zuerst einmal einen körperlichen Entzug zu machen. Das heißt, er kommt, je nach seinem Wohnbezirk, auf irgendeinen Pavillon voller Geisteskranker, um sich auszukrachen. Das ist ein qualvoller Prozeß, aber es ist ein Kinderspiel verglichen mit dem, was nachher kommt, nämlich der psychische Kracher. Denn jeder Giftler fängt zu gifteln an, weil er ein Problem hat, mit dem er nicht fertig wird. Und das gilt auch für mich.
Ich fürchte, je mehr ich Ordnung in meine Briefe zu bringen versuche, desto mehr Chaos bring ich mit meinem blöden Hirn hinein.
Solange einem der Körper weh tut, jeder Knochen zieht,

Magen, Darm, Kopf und Kreislauf revoltieren, nach dem Opiat verlangen, Augen, Nase, Ohren rinnen, die Schweißausbrüche, solange traut sich die Seele nicht, um Hilfe zu schreien.
Aber jetzt, der körperliche Kracher ist vorbei, bis auf das Zittern und das Kopfweh, und meine Seele schreit:
Hilfe!
Und nun beginnt die qualvolle Wartezeit, um auf den Einser-Pavillon zu kommen, der bereits übervoll ist.
Wenn man Glück hat, ist man mit einem anderen Giftler zusammen, wenn man Pech hat, so wie ich, mit lauter Geisteskranken oder Säufern.
Jeden Tag frage ich den Erich, den Drogentherapeuten, ob es schon einen Termin gibt für mich. Gestern habe ich ihn sogar mit meinem Galgenhumor gefragt, ob ich meinen Geburtstag, den 9. Juni, vielleicht schon im Einser-Pavillon, d. h., wo die Langzeittherapie, also sechs Monate, beginnt, feiern könnte. Heute haben wir den 15. Mai!
Erich hat mit den Schultern gezuckt und gelächelt, und ich habe mir gedacht: Keine Antwort ist auch eine Antwort.
Die Wartezeit soll einem dadurch erleichtert werden, daß jeden Vormittag, entweder der Erich oder die Irene, das Drogentschapperl, das ich nicht ernst nehmen kann, weil sie keinerlei praktische Erfahrung mit Drogen hat, die Leute auf den verschiedensten Pavillons besucht. Wenn man sich bereits fit genug dazu fühlt, kann man mit dem Erich laufen gehen. Mein Wunsch mitzulaufen wurde prompt ignoriert. Und so passieren jeden Tag irgendwelche Dinge, die einen seelisch und körperlich zusammenkrampfen oder zu dem Entschluß bewegen aufzugeben, den Entzug abzubrechen.

So wie z. B. vorgestern, als ich um halb eins zum Gynäkologen gebracht wurde, was sowieso unnötig war, und erst um dreiviertel zwei zurückkam, das heißt, den nachmittäglichen Drogenspaziergang versäumte. Und dann saß ich frisch, einsam und allein in diesem Narrenschiff, weil ich Dir gesagt hatte, Du solltest mich erst nach vier besuchen. Weil wir von zwei bis halb vier spazierengehen. Wieder so eine Absurdität.

Vor zwei Tagen, als es mir wieder so schlecht ging, hatte Walter, der Punkie, einen Epi, einen epileptischen Anfall. Der Bursche lag mit gespreizten Beinen auf dem Rücken. Er trug Jeans. Der Stoff war prall gespannt über den Schenkeln. Ein starker, gesund aussehender junger Mann, mit vollen Lippen. Er hatte kurzes, dunkles, stachelig geschnittenes Haar. Vollkommen sportlich, wie er dalag, nur sein Gesicht war verschlossen in einer seltsamen Abwesenheit. Die Augen zu, der Mund offen, Speichel rann heraus. Hin und wieder lief ein Zucken über sein Gesicht, dann zuckten auch Arme und Beine. Er warf den Kopf hin und her. Es dauerte vielleicht nur eine Minute oder zwei. Als es vorbei war, stand er auf, tat, als sei nichts gewesen, und eine Schwester ging mit ihm in den Ärzteraum.

Und die Angst, nur die Angst vor diesen Epis, hat mich wieder motiviert, hierzubleiben.

Und ich reagiere aggressiv, wenn mir die Irene sagt, daß der tägliche Kampf mit sich selbst und mit diesen Frustrationen das Entscheidende sei, einen endgültig zum Aufhören zu bringen. Wobei ich ein Prozent aller Giftler kenne, die es schaffen, mehrere Jahre nicht drauf zu sein, auf H, Alk, Tabs oder O-Tee, und neunundneunzig Prozent, die es nicht schafften bzw. zig Entzüge bereits hinter sich haben und immer wieder anfangen.

Beate und Hedi, zum Beispiel, die kenne ich schon lange.
Mit Beate wollte ich einmal nach Bangkok fahren, was
dann aber ins Wasser fiel, weil die Beate total abstürzte.
Das heißt, anstatt sich mit fünf Gramm raufzuchecken,
d. h. aus fünf Gramm Heroin zehn zu machen, also es mit
Milchzucker, Staubzucker oder irgendeiner anderen Substanz aufzustrecken, zu pegeln und dieses Zeug (Zeug ist
Heroin) dann zu verkaufen, verdrückte sie alles allein.
Und ich stürzte selbst ab, als ich ihr die Reste von ihrem
gepegelten Zeug abkaufte. Erst sniefte ich das Zeug, und
dann drückte ich selber ab, weil ich beim Schnupfen
nichts mehr spürte und weil ich etwas brauchte, um die
x-te Klaus-Krise zu überstehen.
Dazu muß ich sagen, ich habe sehr schlechte Venen, und
es gehört schon viel Geschick dazu, eine zu erwischen.
Aber selbst die schlechtesten, dünnsten und rolligsten
Venen lassen sich mit der entsprechenden Gier überlisten.
So, und jetzt muß ich eine Pause einlegen. Erstens, weil
Visite ist. Die Frau Dr. B. – selber schizophren, darf
daher nur am Felsenhof ordinieren –, sie sagt gerade zur
Maria, dem Jesusmädchen: «Das ist mir nicht recht,
wenn Sie sich sehr gut fühlen, sozusagen ein bißchen
high, wie man so schön sagt. Normal sollen Sie sich
fühlen.» Zu mir sagt sie nur zynisch: «Grüß Sie.»
Und wie sie mir die Neurobionspritze gibt – sie sticht
übrigens miserabel, mir tut der ganze Orsch weh, so eine
Idiotin, außerdem mit einer IM-(intramuskulär), statt
mit einer IV-(intravenös) Nadel, die die Dr. B. verwendet,
weil ich kein Fleisch am Popo habe –, also, da sagt sie:
«Aha, und das Fräulein Johanna ist also jetzt auf der
Neurobionwelle!»
Zweitens, weil das Gabelfrühstück kommt, und drittens,

weil ich erschöpft bin und mich dieses Thema zu sehr nervt, meine Gier weckt. Bekanntlich is die Gier a Sau – ein beliebter Giftlerausspruch.

Jetzt geht's wieder weiter. Also, die Beate und die Hedi, ein «Paarl» – eine Liebesbeziehung zwischen zwei Frauen –, nur gut. Die Beate, die die Hedi damals noch nicht kannte, die hat sie erst im Häfen kennengelernt, hat mich einmal betrogen, wie man so schön sagt, und ist abgestürzt, und ich bin auch abgestürzt: im symbolischen und realen Sinn, weil ich nämlich damals in meinem Klauskummer stockbesoffen und auf Tabs aus dem Hochbett gefallen bin und mir zwei Rippen gebrochen habe. Die zwei Frauen also hab ich im Kommunikationszentrum wiedergetroffen. Wir sind uns um den Hals gefallen.

Beate: «Jo, Johanna, heast, i hob scho dein Namen auf der Warteliste gsehn. Heast, wieso bistn du so abgestürzt, hast soviel Antn (Antapentan, ein Aufputschmittel) eingschnitten oder Tee gsoffn? Du bist ja total dünn gworn.»

Hedi: «Johanna, schlecht schaust aus. Heast, du worst doch nie so drauf. Jetzt siecht ma da des Gift scho auf zehn Kilometer Entfernung an. Geh, reiß di zamm, kumm am Anser.»

Ich: «Na, die speedige Zeit is vorbei, odruckt hab i zum Schluß und Tee und Tabs. Waßt eh, total leiwandes, urguades Zeug. Dann hab i gwohnt bei Typen, die si jede halbe Stund an Hacker eineghaut ham, na, und zuaschaun kannst da ned, da hab i die Sozialhilfe in ana Wochn vadruckt, dann wollt ma si mit O-Tee und Tabs awakrachen, aba des is ja Selbstbetrug. Auf den Tee und die Tabs krachst ja genauso. Njo, jetzt bin i halt da.»

Scheiße, mir kommen die Tränen, weil mich wieder die Mutlosigkeit, Traurigkeit dapackt.

Die Hedi und die Beate haben mir versprochen, mich zu

besuchen, haben mir geraten, kein Benzin, also Rohypnol, Lexotanil, Mogadon, Praxiten o. ä. einzuschneiden, weil, wenn ich am Einser komm, sofort ein Harntest gemacht wird, und wenn der stark positiv auf irgend etwas ist, dann kann es passieren, daß ich wieder auf den Vierundzwanziger zurückgeschickt werde. Sie sind total auf dem Gesundheitstrip, gehen Fußball spielen, arbeiten in der Therapiewerkstätte, in der Schneiderei.
Die Beate erzählte noch, daß sie die fünfzehn Kilo, die sie beim letzten Entzug zugenommen hat, wieder abgenommen hat, die Hedi wird bereits wieder ein bißchen mollig. Überhaupt fällt mir auf, daß Dünn- und Dicksein bei der Giftlerei eine große Rolle spielen. Nun, besucht haben sie mich noch nicht. Aber wahrscheinlich hat man sie nicht hereingelassen. Ich könnte ihnen ja ein Gift verschaffen...
Dann haben wir noch über Rückfälle gesprochen. Hedi sagte, sie habe einen Pulverrückfall gehabt, aber der zähle eigentlich nicht, ein paar Praxiten. Und die Beate hatte einen Alk-Absturz. Dann mußten sie gehen, und ich auch, zurück in mein Vierundzwanziger-Gefängnis.
Schluß, Pause, ich kann nicht mehr, ich renne auf und ab im Zimmer, esse ein paar Löffel Joghurt, ein paar Nüsse, ein paar Schnitten – ich schreib nachmittags weiter.
Die Gier, die Gier, die Gier, Luise. Ich kann das Christiane-F.-Buch jetzt nicht lesen, ich habe gerade damit angefangen, aber es macht mich total pumpengeil, gierig auf eine Spritze. Ich stopfe wahllos Nüsse, Schnitten, Schokolade in mich hinein, um diese Gier zu stillen, aber es nützt nichts.

Wien ist dort schön, wo man viel Himmel sieht. Das hat die Stadt gemeinsam mit Rom und allen Städten der Welt, in denen man außer Häusern auch Himmel sehen kann, blaue, klare, von Wolken und Dunst bedeckte. Wien ist dort schön, wo in der Mariahilferstraße am Abend ein Mond hinter fliegenden Wolken scheint und man meint, der Mond selbst fliege über die Dächer und Menschen und Straßenbahnen.
Wien ist schön, glaube mir, hatte Ernst, der längst verschollene, einmal zu Luise gesagt. Das Café Westend gab es noch, ruhig servierte der Kellner, stumm, redete nur das Notwendigste. Das Kaffeehaus war ein gern aufgesuchter Ort, weil einer über allem wachte, der Ober, nicht weil im Kaffeehaus auch andere Gäste waren. Der Ober kümmerte sich um das Wohl seiner Liebsten, die sich zu Liebsten machen konnten: Ein großzügiges Trinkgeld, und man war die «gnädige Frau». Sein Ansehen konnte man heben mit nur ein paar Schilling mehr, und Freundlichkeit konnte man sich kaufen, für ein paar Stunden, jeden Tag.
Über Wien kann man nichts Gültiges sagen, Wien sieht in jeder Straße anders aus, hat schöne Gegenden, Schwedenbrücke, Donaukanal; schade, daß man nicht die ganze Donau hereingeleitet hat in die Stadt, so wie in Budapest; Budapest liegt noch richtig an der Donau, wie Venedig am Meer.

Wien ist keine einladende Stadt. Die Menschen sind verschlossen. Deshalb muß der Bürgermeister immer wieder darauf hinweisen, daß Wien eine einladende Stadt sei, in die Menschen aus aller Welt gerne kämen. In Wien gibt es die Oper, Denkmal und Museum zugleich. Melodien aus längst vergangenen Jahrhunderten werden in ihr immer wieder gesungen, von Sängern, die man aus anderen Ländern nach Wien bat. Opernsänger fliegen von Bühne zu Bühne, aus Mailand, über Wien, nach New York. Die Welt der Opernstars: ist auch in Wien daheim. Äußert sich gut über Wien. Geht in Wien auf der Kärntnerstraße einkaufen. Ist in Wien verliebt. Hat in Wien eine Dachterrassenwohnung. Liebt Wien. Mag die Wiener.
Was muß eine Stadt für Minderwertigkeitskomplexe haben, daß die Leitung der Stadt dies immer wieder bekräftigen mußte, wie gern die Menschen in Wien waren, daß Wien und weil Wien.
Man konnte in Wien leben und nichts von der Stadt bemerken, weil in vielen Bezirken kein Rummel war, man ganz normal einkaufen ging, zum Bäcker, zur Gemüsefrau, ins Kleiderhaus. Wäschegeschäfte gab es keine mehr, nur noch Boutiquen. Ausländische Restaurants wurden gegründet. China-Food. Indian Specialities. Indonesisches Restaurant. Vegetarische Restaurants. Biologisches Gemüse. Wien war Weltstadt. Ein Tempel der Buddhisten war errichtet worden. Der österreichische Staat erkannte den Buddhismus als Religion an. Buddhistische Zentren gab es. Buddhistische Turnübungen. Yoga. Meditation. Vorträge über Seelenwanderung. Frühere Leben. Dem Tod sein Geheimnis entreißen, Dienstag, zwanzig Uhr, Universität, Hörsaal Nummer soundso. Erleuchtung.
In Wien leben und in Wien sterben. Da konnte man etwas Schönes auf einen Grabstein schreiben. Geboren in Wien.

Gestorben in einem Armenhaus. Begraben in einem Massengrab. Beigesetzt, symbolisch, am Wiener Zentralfriedhof, Ehrengräber, damit auch er dabei war.
Stadt der Namen und der Millionen namenlosen Schicksale. Es ging einer nach Wien, der wurde nicht aufgenommen. Man wies ihn zurück. Er setzte die Welt in Brand. Seine Aquarelle bezeugen, daß auch er einmal guten Willens war. Still vor einer Leinwand, stumm über Papier, still über dem Reißbrett. Es gelang ihm nicht mit Linien, mit Farben. Da stürzte er sich ins Meer der Worte. Und merkte nicht, daß es nicht mehr Worte, nur noch Wörter waren. Aus Wörtern schimpfte er sein Buch, laut diktierend, auf- und abgehend. Haß. Der Freund nahm den Haß gut auf. Es verband sie, daß sie beide die Welt haßten, drinnen, in ihrem Gefängnis.
Wiener Hochnäsigkeit. Snobismus. Scharlatanerie. Luise konnte nicht anders, als die Lobredner dieser Stadt verachten. Wien, wo war es denn? In den Außenbezirken, wo man nicht mehr sang und lachte, kaum noch weinte. Das Weinen hatte man verlernt, man tanzte selten, man sah fern, man starb. Das war geblieben, wenn auch Ärzte in letzter Zeit die Menschen beim Sterben aufhielten. Noch durfte nicht gestorben werden, ein Medikament mußte noch ausprobiert werden, was machte es denn, bei einer Alten wie Eugenie, geben wir ihr noch zehn Tage Leben, einigen wir uns. Jeder kam an die Reihe, die Ärzte reichten einander die Hände über der gequälten achtzigjährigen Gestalt in der Intensivstation.
Land des Lächelns, Land des Unbewußten. Sigmund Freud hatte den Witz seziert, das Lachen also geprüft, und dann konnte man nicht mehr lachen, weil man wußte. Angeblich war es so.
Luise hatte das Lachen verlernt. Im Land des Lächelns.

Aber der Lehár, der «Das Land des Lächelns» komponiert hat, hatte ja eigentlich auch China und nicht Österreich gemeint. Dort tat man immer nur lächeln und immer vergnügt, immer zufrieden, wie's immer sich fügt, lächeln trotz Weh und tausend Schmerzen, doch wie's da drin aussieht, ging niemand was an. Das war auch in Österreich oft so. Luise wußte es. Nur hatte man in Österreich nicht die Kultur des Lächelns unter Tränen. Es mußte beides sein: Geweint mußte sein. Und gelächelt.

Luise brachte Olga Blumen zum Geburtstag. Sie mußte warten, bis Olga ihre Einkaufsplastiksäcke, die «Taschen» hießen und je einen Schilling kosteten, sorgfältig entleert, entbröselt und mit den Fingern geglättet hatte. Olga bewahrte die teuren Nylonsäcke in einer Schuhschachtel auf, um sie viele Male zu verwenden. Nylon, eigentlich war es ja Plastik, galt als unverwüstlich, wenn auch, wegen der Umwelt, leicht und ohne Rückstand verbrennbar.
Luise wußte nicht mehr, warum sie eigentlich mit Blumen oder warum überhaupt sie hingegangen war. Ein bißchen Sehnsucht nach früheren Verhältnissen, ein wenig Geborgenheit wiederfinden in der Wohnung, durch die man auf die Oper sah. Daß sie hoffte, auch Paul unter den Gratulanten zu finden, hatte sie schon fast vergessen.
Obwohl die Häuser im ersten Bezirk an anderen Tagen immer ein Gefühl von Hoheit in ihr weckten, nämlich daß sie selbst, Luise, ein höheres Wesen sei, sobald sie in der noch gut sichtbaren kaiserlichen Vergangenheit Wiens spazierte, war sie heute von der Last der Dächer und Stockwerke niedergedrückt.
Olga brachte Tee, setzte sich zurecht, lächelte Luise an, erzählte von Theklas Buben, vom schönen Wetter im Burgenland, mied die Namen Johanna und Paul, sprach auch Bettys Namen nicht aus, erkundigte sich nach Luises Mutter, dann nach dem Kleid, das Luise trug, fragte, ob es teuer gewesen sei.

Das ist ein richtiger Krampf, dachte Luise, warum bin ich überhaupt hergekommen, sie hat dem Paul und mir bei nichts geholfen, sie hätte ein paar gute Worte für mich einlegen können.

Nach einem freundlichen Gespräch über die Blumen verabschiedete sich Luise mit dem Gefühl, etwas ziemlich Dummes versucht zu haben.

Johannas Blick fiel auf Luises Brief.
... nicht sprechen kann, weil ich es noch nicht mit den richtigen Worten könnte.

Liebe Luise, schrieb Johanna, liebe Luise, genauso geht es mir. Ich spreche im Geist die ganze Zeit mit Dir, gebe Dir sozusagen einen Livebericht von dem, was ich gerade sehe, höre, erlebe, fühle – und ich beginne wieder zu fühlen. Aber ich habe dann oft so eine Angst davor, es niederzuschreiben, weil ich Angst habe, daß das Niederschreiben unvollständig ist. Daß die Aufgabe nicht schön genug gemacht worden ist. Als Kind regte sich meine Mutter immer auf, weil ich bei den Gedächtnisübungen solche Schwierigkeiten hatte oder weil ich, je weiter die Seite beschrieben war, immer mehr nach innen rutschte.
Siehst du, während ich das schreibe, bekomme ich wieder diese Wut auf meine perfekte Mutter, deren einziges Ziel es war, eine perfekte Johanna zu erzeugen, anstatt ein legasthenisches Tschapperl, das ich geworden bin. Und deshalb fühle ich mich auch zu den Drogentypen hingezogen, denn speziell Heroin nehmen nämlich Leute, die meist irgendeinen physischen Mangel – Sprachfehler, Akne, fehlende Körperglieder etc. – oder starke Minderwertigkeitskomplexe haben. Eben weil sie durch das

Opiat ihre Unzulänglichkeit vergessen. Das drückt auch ein Lied von meinem Lieblingsmusiker Lou Reed aus, wenn er singt: «I put a spike into my vene and then I feel just like Jesus' son.» Dieses Lied ist wie das Glaubensbekenntnis für aktive Katholiken.

Luise hatte weiter geschrieben:
Ich möchte Dir vertrauen, Johanna. Das ist einmal das allererste. Ich möchte es versuchen, Dir zu vertrauen. Denn ich bin ein sehr mißtrauischer Mensch. Ich habe gestern bei Dir im Felsenhof geweint, weil ich gedacht habe: Sie nimmt mich nicht ernst, sie redet mit mir, sie denkt aber in Wirklichkeit nur daran, daß sie lieber mit ihresgleichen zusammen wäre, mit Leuten, die wissen, was ein «Eitsch» ist und ein «Knaller» und «zu», und wie das alles heißt. Denn ich spreche ja Deine Sprache nicht. Oft muß ich fragen: Was heißt das? Ich wußte ja früher kaum, was ein «Joint» ist. Oder «fixen» oder «spritzen» oder «stoned» oder… oder… oder… und! Und! Und!

Morgen ist Drogenspaziergang», erzählte Johanna.
«Was ist das?» wollte Luise wissen.
«Da ziehen sich die Drogen schön an. Sie gehen spazieren, hüpfen ins Gras, lassen es sich gutgehen», lachte Johanna. «Spaß beiseite. Also, alle Wartepatienten von den verschiedenen Pavillons werden eingesammelt, meist sind es zwei oder drei, und dann macht man sich mit dem Erich auf den Weg.»
«Immer wenn ich das Wort ‹Drogen› höre, bekomme ich Angst.»
«Dann bist du ja bei mir richtig.»
«Weißt du, Drogen als einziges Thema, das ist doch sehr wenig. Du bist doch früher einmal nicht von Drogen abhängig gewesen. Versuch dich zu erinnern an das Kind, das du warst. Gibt dir das nicht Kraft, wenn du bedenkst, daß du einmal ganz ohne diese Sachen ausgekommen bist und dich an der Welt gefreut hast?»
«Als Kind war ich gern bei meiner Großmutter. Sie ist eine Proletin gewesen. Meine Mutter hat mich jeden Tag von dort abgeholt, aber ich wäre am liebsten bei ihr geblieben. Sie war die Mutter meines Vaters. Mein Vater hat sich immer geschämt für seine Herkunft. Er hat Witze gemacht über seine Eltern. Aber ich habe sie beide, den Opapa und die Omama, sehr gemocht.»
«Hast du es deinen Eltern gesagt?»

«Sie haben mich ausgelacht. Sie haben mich einfach nicht ernst genommen, wenn ich mir etwas gewünscht habe.»
«Und jetzt?»
«Sie nehmen mich nicht ernst, weil ich Drogen nehme.»
Luise wußte nicht weiter. Die Droge stand plötzlich wieder wie ein Gespenst zwischen ihr und Johanna.
«Morgen, am Feiertag, da gibt's keinen Drogenspaziergang, da haben die Drogenleut auch Feiertag. Das heißt, daß ich viel Zeit zum Schreiben und zum Nachdenken hab. Da bekommst du wieder einen langen Brief», versprach Johanna, als Luise sich verabschiedete. Von Paul hatte Johanna offensichtlich noch nichts gehört.

Halluzinationen? Ganz ohne Gift? Würde ich mir auch wünschen», meinte Luise.
«Wünschen Sie sich das nicht!» sagte die Frau. «Es ist furchtbar. Wenn Sie auf einem Platz Nonnen sehen. Hundert Nonnen. Die beten. Und Sie fragen sich: Was machen diese Nonnen da? Und dann hören Sie: Wo? Welche Nonnen? Ich sehe keine. Dann gehen Sie telefonieren, und der Schilling, den Sie in der Hand halten, schimmert wie Gold. Auf einmal sind es zwei Schillinge, die Sie sehen, und dann lesen Sie auf einem Rezept, das ein Arzt Ihnen gegen Ihre Kopfschmerzen ausstellt, das Wort ‹schizophren›. Der Arzt streitet ab, daß Sie das gelesen haben. Er sagt: Das können Sie gar nicht gelesen haben, schon weil ich dieses Wort nicht geschrieben habe. Was dort gestanden ist, war der Name eines Medikaments. Und dann werden Sie gepackt und auf den Felsenhof gebracht. Zuerst in ein Auto. Ich hab dem Mann noch gesagt: Sie? Sie rühren mich an? Sie haben ja nicht einmal Matura. Wegen dir, du Trampel, werd i Matura machen, antwortete er. Dann wachen Sie auf. Sie wurden niedergespritzt. Und eine Krankenschwester quält sie. Eines Tages kommen Sie aus dem Felsenhof heraus, und Sie gehen zu Ihrer Ärztin und erzählen ihr, wie man Sie am Felsenhof mißhandelt hat. Die Ärztin sagt: Ein Wort noch, und Sie sind wieder drinnen. Nirgends können Sie sich beschweren. Sie haben Angst. Dann

schließen Sie sich in Ihrer Wohnung ein. Sie bekommen, je länger Sie allein sind, wieder die Halluzinationen. Es fängt schon wieder an. Sie wollen nicht, daß es anfängt. Es ist ein Teufelskreis. Dann wollen Sie nur noch sterben, aber Sie haben Tiere. Zwei Katzen, einen Hund. Ich gebe meine Tiere nicht ins Tierheim. Ich habe in einem Buch gelesen: ‹Bleibe bei den Wesen, die du liebst.› Also bin ich noch am Leben. Aber am liebsten möchte ich im Donaukanal verrecken. Nur nicht wieder in die Hände einer Schwester vom Felsenhof fallen, die mich zum Baden zwingt. Sie wissen ja nicht, wie die Frauen dort sind. Sie, Sie sind ja ein Engel. Sie haben eine Stimme wie ein Engel und sehen wie ein Engel aus. Aber normalerweise vertraue ich niemandem.»

Am Samstag wachte Johanna um dreiviertel sechs auf. Sie hatte einen seltsamen Traum gehabt, der damit begann, daß sie in ihrer Wohnung war. Johanna kochte gerade eine Mahlzeit aus Reis und verschiedenen Gemüsen, stark gewürzt mit Curry, Zimt, Muskat, Kardamom, einem südindischen Gewürz, so wie sie es liebte, jedoch nur für eine Person. Ihre Mutter hatte ihre Wohnung aufgeräumt. Es kam zu einer Debatte, ob sie das Recht habe dazu und ob Johanna fähig sei, für sich allein zu sorgen oder nicht. Auch Frau Preywisch, die Psychologin, war in diesem Traum vorgekommen. Aber Johanna wußte nicht mehr, was sie gesagt oder getan hatte.
Aber nun hatte Johanna weitergeträumt, daß sie sich plötzlich in Luises Wohnung befand. Sie wohnte bei Luise, hatte gerade gebadet und suchte einen Bademantel. Da sah sie einen grünen Guglhupf-Bademantel in Luises Garderobenkammerl, und sie dachte: Aha, den hat die Luise anscheinend bei ihrem Aufenthalt am Felsenhof mitgehen lassen.
Luise war nämlich im Traum mit Johanna am Felsenhof gewesen, und sie waren nun beide bereits wieder draußen.
Dann kam der bedrückende und unheimliche Teil des Traums: Johanna fuhr in ihrem Aufzug von ihrer Wohnung nach unten. Der Aufzug blieb nicht stehen.

Ein Mitfahrender sagte: «Ja, ja, in dem Haus bröselt halt schon alles, alles kaputt.»
Dann befand sie sich in einem weitläufigen, schloßartigen Gebäude. Marmorne Säulenhallen, breite Treppe mit roten Läufern. Palmwedel. Große, schwarzgerahmte Spiegel. Und sie wußte, sie war in der Theobaldgasse, wo Tante Betty wohnte.
Johanna war sich sicher, es würde gleich etwas Schreckliches geschehen. Auf der Straße, die wie die Slums von New York aussah, erblickte Johanna zwei Feuerwehrmänner mit Helmen und großen Spritzen. Sie legten Feuer in der Gasse, die sich plötzlich verwandelte in eine weitläufige Allee, mit breiten Kastanienbäumen gesäumt, die weiße Kerzen trugen, so wie die Kastanienbäume im Garten hier um die Pavillons am Felsenhof.
Rauchschwaden, Feuerwehrsirenen, hektische Leute. Die Straße wurde wieder eine enge, schmutzige Gasse. Ein Haus nach dem andern stürzte im Flammenmeer ein.
Und dann sah sie ein altes Weiblein, in schwarzen Fetzen, ein Kopftuch tief ins Gesicht gezogen, unter einem leuchtenden Reklameschild. Die Alte stand Johanna gegenüber an der Straßenecke und schaute reglos auf die einstürzenden Häuser, und plötzlich erkannte sie in dem alten Weiblein Luise. Das war die verkleidete Luise! Sie hatte sich endlich gerächt an Betty und an der vornehmen Familie Pauls in der Stadt, in der Theobaldgasse.
Dann sah Johanna Luises Gesicht in Großaufnahme. Es wechselte immer wieder seinen Ausdruck. Zuerst ein höhnisches Lächeln, dann rannen Tränen über Luises Wangen. Ihr Gesicht, ihr Mund wurden weich und verletzlich, dann wieder zu einer hart grinsenden Maske. Diese Verwandlung fand mehrere Male statt, und während der ganzen Zeit wollte Johanna ihr von ihrem Beobach-

tungsposten von der anderen Straßenseite zurufen: Ich habe dich erkannt, Luise! Ich bin Zeugin für deine schmähliche Tat! Ich weiß, daß du es warst, die diese Feuersbrunst organisiert hat.
Aber Johanna bekam keinen Laut heraus. Plötzlich kreuzten sich ihre und Luises Blicke. Luise erschrak und lächelte, während ihr Tränen über die Wangen liefen. Ihr Mund, es war faszinierend und ergreifend, wie die Lippen sich öffneten und zitterten, wie viele Male der Ausdruck ihres Mienenspiels sich um eine Winzigkeit veränderte.
Dann geschah etwas Unerklärliches. Johanna, die Anklägerin, und Luise, die Angeklagte – sie waren plötzlich ein und dieselbe Person. Johanna fühlte sich weinend und lachend mit dem alten Weiblein an der Straßenecke unter dem leuchtenden Reklameschild verschmelzen. Dann fuhr Johanna wieder in dem kaputten Aufzug. Diesmal aufwärts.
Während Johanna ihren Traum aufschrieb, kam die grantige Schwester Gerti und verjagte sie mit «Auf, auf! Meine Herrschaften!».
Johanna sollte aus dem Zimmer gehen, aber sie reagierte nicht, sondern blieb sitzen und schrieb weiter. Kopfschüttelnd ging die Schwester hinaus und ließ Johanna in Ruhe.
Also, mit dem Aufzug hinauffahren, in den letzten Stock, und über ihn hinausfahren, wie in einem Paternoster, von dem sie sich immer vorstellte, wie er rundherum fuhr, daß man dann kopfstand, wenn man drinnenblieb.
Johanna kam schließlich in eine Dachkammer. In einen kleinen Raum, ohne Möbel. Ein einziger wackeliger Stuhl stand in der Mitte. Ein Neger machte ihr die Tür auf. Ihr und einem Pagen, der ihm eine Flasche Rotwein über-

reichte. Der Neger küßte Johanna intensiv und erotisch.

Johanna fiel beim Aufschreiben des Traums ein, wie Luises und Pauls Tochter, Susi, erzählt hatte, wie Dornröschen und Schneewittchen vom Märchenprinzen geküßt und aus dem Schlaf oder aus dem Tod erweckt wurden.

Liebe Johanna!
Ich saß und lernte Geographie. Dann saß ich noch, nach dem Lernen, und schrieb eine Kurzgeschichte. Auf die Prüfung ein «Sehr gut», am nächsten Tag. Am übernächsten Tag hatte ich schon vergessen, was ich sehr gut gekonnt hatte. Mir kommt vor, ich bestand die Matura nur mit irgendwelchen Süßigkeiten. Für eine Woche intensives Lateinlernen schloß ich mich mit einer großen Tafel Schokolade und mit einer Riesenflasche Coca-Cola ins Zimmer ein, jeden Nachmittag, und dann lernte ich innerhalb einer Woche Latein, ganz allein, und zwar: noch einmal von vorn. Ich machte dieses Intensivtraining wirklich ganz allein. Um mich kümmerte sich niemand. Man erwartete von mir nur, daß ich die Matura machte. Zum Thema «Sitzenbleiben» sagte mein Vater nur: Schau, wennst sitzenbleibst, verlierst ein Jahr. Es ist ja dein Jahr. Also, schau, daß du net sitzenbleibst.
Das erschien mir logisch. Also lernte ich. Aber ich war die betont faule Schülerin. Ich fiel gerne dadurch auf, daß ich faul war. Ich ärgerte viele Lehrer damit, daß ich mir zuerst Zeit ließ, Fünfer kassierte, dann mit einem «Sehr gut» den Fünfer auf einen Vierer oder Dreier brachte. Und so ungefähr sechs Jahre hindurch, bis zur Matura. Also: 5, 5, 5, dann: 1. Ergebnis: 4. Meine eigene Mathematik. So konnten sie mich kein einziges Mal durchfallen lassen.

Damit mir das in Latein nicht passierte, lernte ich also wieder, holte vieles nach, was ich schon mit dreizehn, vierzehn Jahren nicht wirklich gekonnt hatte, denn der Lateinprofessor war für mich eine Gefahr geworden. In meiner Klausur fütterte ich mich mit Schokolade und Coca-Cola. Ich aß viel und ausgiebig, hielt mich für zu dick, denn die Mode war ja damals, daß man dürr sein mußte. Manchmal ging ich Schokolade kaufen, obwohl ich damit etwas gegen meine Idee tat: schlank bleiben zu wollen. Ich weiß nicht, wie sehr ich mich immer wieder überlistete. Ich glaube, ich war jahrelang damit beschäftigt, mich zu überlisten.
Die Freßsucht hörte auf, als ich heiratete. Als der Hochzeitstermin feststand. Wie die Geschichte mit Paul ausgegangen ist, weißt Du ja.

Johanna war froh, als Luise um halb sechs Uhr abends kam. Eine Stunde lang saßen Johanna und Luise auf der Terrasse, nur manchmal gestört durch vorbeigehende Patienten.
Das Jesusmädchen kam. Luise ließ sich von Maria aus der Hand lesen. Es kam nicht viel heraus. Nur das, was das Jesusmädchen auch Johanna erzählt hatte.
Als Luise ging, mußte der Wärter wieder die Tür des Gangs von innen aufsperren. Man konnte die Türen nur von außen aufmachen.

Haschisch. Macht Halluzinationen. Das ist nicht gut, ein solches Zeug nehmen, wenn man labil ist», sagte Dr. Theo zu Olga, als er ihr schmerzendes Knie behandelte.
«Das Haschisch öffnet die Schleusen. Bewußtes und Unbewußtes mischen sich, und, was schlimmer ist, Überbewußtes und Unterbewußtes. Also die Befehle der Eltern, insgesamt die hohen Forderungen der Gesellschaft, meistens moralische, kirchliche, Gut und Böse. Und das Unbewußte, das Triebleben: Eine Frau kann im Haschischrausch Stimmen hören. Es gibt einen Fall, da ist eine Frau spazierengegangen, und aus einem Baum ist für sie ein Befehl gekommen: Du sollst deinem Kind die Beine abhacken. Sie ist heimgegangen und hat es getan. Dann hat man sie auf die Psychiatrie gebracht. Sie ist mit Medikamenten unter Kontrolle gebracht worden. Aber dann hat die Wirklichkeit auf sie gewartet. Ihr von ihr selbst zum Krüppel gemachtes Kind. Ich verstehe, offen gesagt, nicht, wie man da leben kann. Deshalb bin ich gegen die Drogen. Mit Drogen ändert man nichts. Man kann sich nur vorübergehend das Bewußtsein eines Regenwurms oder eines Adlers verschaffen. Wozu denn aber? Wir kommen ohnehin immer wieder auf die Welt, in tausend Gestalten. Wir sind doch, wenn wir geboren werden, das Begehren. Und das Begehren müssen wir uns abgewöh-

nen. Man möge nicht lügen, heißt es im Buddhismus. Im Buddhismus gibt es keine Verbote. Nur Empfehlungen. Man möge nicht stehlen. Warum? Es gibt keine Sünde im Buddhismus. Es gibt nur die Unterscheidung zwischen heilsamem und unheilsamem Verhalten. Man möge nicht stehlen, weil es nicht heilsam ist, jemandem etwas wegzunehmen. Und man möge nicht töten. Weder sich selbst noch andere. In dieser Empfehlung ist auch drinnen: Man möge niemandem schaden. Man möge niemanden krank machen. Das gilt auch für Ärzte, die zu viele Pulverl verschreiben. Aber ein gewisses Maß braucht der Mensch. Die Technik hat sich zu rasch entwickelt, der Mensch hält mit seiner Sensibilität, mit seinem Gehirn nicht stand. Da braucht man schon etwas. Jeder Mensch hat etwas, schauen Sie. Der eine raucht, der andere trinkt. Alles in Grenzen, mit Maß genossen, führt nicht zur Sucht. Aber Drogen sind nichts für Menschen in unseren Breiten. Auch die Meditation ist nichts für Menschen hier bei uns in Wien. Die Stadt ist zu laut. Der Verkehr zu dicht. Die ganze Stadt ist von elektrischen Drähten voll. In so einer Stadt kann man nicht meditieren. Dazu muß man schon nach Asien fahren. Aber dann, wenn man lange in einem asiatischen Kloster gewesen ist, hält man es in der Stadt nicht mehr aus. Man weiß nicht, wohin man gehört. Kulturschock. Man kommt nach Wien, weil man fühlt, daß man Wiener ist, daß man hierhergehört. Aber in Asien hat man gewisse innere Fühler ausgestreckt, die man in Wien am besten wieder einzieht. Dann ist es einem, als wäre einem etwas verlorengegangen. Und man hat auch etwas verloren: den, der man sein könnte in einer Wüste, mitten in einer Oase ohne Post, ohne Telefon, ohne Maschinen, ohne Autos. Nur, man hat sich alles selbst ausgesucht!»

Olga sah sich in ihrer Meinung bestätigt.
«Übrigens», fuhr der Arzt fort, «Ihre Tochter schuldet mir noch Geld. Ich darf die Rechnung doch an sie schikken?»

Liebe Luise!
Eigentlich wäre es Zeit, ins Bett zu gehen, zu schlafen. Ja, Bett vielleicht. Aber schlafen?
«Ham Sie eine Zigarette?» Zum neunundachtzigsten Mal fragt mich die Neuaufnahme.
«Nein, leider hab ich keine Zigarette.»
«War das heute nachmittag Ihre Schwester? Eine liebe Frau. Wissen Sie, ich habe eine Schwester, die kommt mich auch bald besuchen. Wissen Sie. Ham Sie eine Zigarette, junge Frau?»
«Nein!!!!»
«Du da jetzt nix reingehn in Klo, ich aufwaschen, dann trocknen, dann du da reingehen.»
Und ich soll inzwischen in die Hose machen. Oder wie? Himmel, wo bin ich hier gelandet?
Pause.
«Na na, Fräulein Johanna, was suachn S' denn da?»
«Da gibt's eh nix Interessantes. Truxal. Pfui Teufel. Mogadon. Da brauch ich das ganze Flascherl, und sonst gibt's eh nix.»
«Oba jo, do san scho a boa Saftln.»
Der gute Gerhard hält mir das Inalgon unter die Nase. Aber was interessiert mich der ganze Dreck, da drin in der Giftkutschn. Ich will nur heraus aus diesem Käfig.
«Geh, Puppi, kumm her, moch ma an Knolla.»

«Laßt mich in Ruhe!»
«Heast, Puppi, du wirst doch net scho schlafn gehn.»
Eine widerlich stinkende Alkoholfratze und eine widerlich nikotingelbe Hand mit schwarzen Krallen nähert sich meinem Gesicht und – Gitterbett hin, Gitterbett her, ich hör mich nur noch schreien. «Na, laßt mich anglant, i drah durch!»
Ich renne aus dem Zimmer.
Maria hat ihre abendliche Depression und weint. Ich streichle sie. Das Jesusmädchen nimmt meine Hände und sagt: «Ich weiß nicht, was mit mir los ist. Ich bin so traurig, und ich möchte doch so gerne gesund sein. Aber ich habe auch solche Aggressionen in mir. Ich fürchte mich so sehr. Ich habe Angst, daß etwas Schreckliches passiert, zum Beispiel, daß ich dich irgendwann wegstoßen könnte, obwohl du doch so lieb bist. Ich glaube, ich zerplatze.»
Ich versuche ihr zu erklären, daß es mir genauso geht und daß eben nicht alle Menschen immer gut sind, so wie sie immer sagt, und daß ein Mensch auch nicht nur gut sein kann, sondern eben verschiedene Seiten hat. Ich versuche plötzlich, Maria zu überreden, auch etwas aufzuschreiben. Ihre Freunde, die sie heute besucht haben, haben nämlich gemeint, sie könnte doch so viele Sachen machen, zum Beispiel Kinderbücher schreiben. Maria zuckt nur die Achseln: «Ich weiß nicht. Ich hab gar nicht die Kraft dazu. Ich weiß nicht.»
Und ich denke daran, wie ich immer gesagt habe und noch manchmal sage: «Ja, na, i waß net», und das immer für ein typisches «Opiathintertürl» hielt. Also, das ist also auch nicht richtig, denn wenn jemand nichts mit Opiaten zu tun hat, ist es die Maria.
Plötzlich höre ich mich sagen: «Ich glaube, Männer sind

ganz andere Wesen als Frauen, so wie Tiere andere Wesen sind als Menschen und Pflanzen andere Wesen als Tiere.»

Jetzt habe ich Dir geschrieben, Luise, obwohl ich geglaubt habe, heute nicht mehr dazu fähig zu sein. Ich habe ein halbes Mogadon genommen. Das erste heute.

Johanna und Luise saßen auf der Terrasse des Felsenhofs. Die Tische waren weiß. Es hatte geregnet. Blätter, die der Wind von den Bäumen herübergeweht hatte, lagen auf der schon ein wenig angekratzten Tischplatte.
Luise nahm ein Blatt in die Hand und studierte es. Angeblich waren Blätter so gebaut wie ein Baum. An der Form des Blatts konnte man die Struktur des Baums erkennen, der ganzen Baumkrone, geometrisch. Sie konnte sich nicht mehr erinnern, wie sie es in der Schule gelernt hatte, jedenfalls hatten die Blätter damals ihren wahren Sinn für sie verloren. Ein Blatt. Mehr als ein Blatt. So ging es ihr auch mit Menschen. Seit sie wußte, daß der Mensch aus Nervenzellen und Blutzellen bestand, aus Leberzellen und Eizellen, konnte sie den Menschen in seiner Ganzheit oft nicht mehr sehen, nirgends. Und wenn sie Kinder anschaute, dachte sie an die Zellteilung, die Befruchtung, das Entoderm, Ektoderm. Wenn sie Susi ansah, natürlich nicht. Dann dachte sie an Paul. Warum er sich nur nicht meldet, er hat doch Johanna immer gemocht.
Johanna war in guter Stimmung, sie unterbrach Luises Gedanken. «Ich habe ja eine Zeitlang bei meiner Mutter gewohnt», erzählte Johanna, «und wir haben uns gut vertragen. Ich hab gekocht, jeden Tag etwas anderes. Einen ganzen Speisezettel habe ich gemacht, für die Woche. Und jedes Essen mit Vorspeise und Nachtisch. Früchte habe

ich eingelegt. Marmeladen habe ich fabriziert. Richtig hausfraulich bin ich geworden. Damit ich das aber aushielt, habe ich schon während dem Kochen tüchtig Rotwein getrunken, und zum Essen auch. Eigentlich war ich, unfein gesagt, meistens besoffen. Die Mami hat von allem, wie so oft, nichts gemerkt. Oder sie hat es nicht sehen wollen. Hin und wieder habe ich ihr erklärt, daß mich das unglücklich macht, weil ich keinen Freund habe. Und wir haben uns dann darauf geeinigt, daß man ‹es› nicht braucht. Daß ‹es› ein Irrtum ist. Daß eine Frau ohne einen Mann eigentlich viel besser dran ist. Dann hat wieder die Mami gemeint: Ich habe ein schlechtes Gewissen! Du verbringst mit mir deine besten Jahre! Und ich habe ihr versichert, daß ich zufrieden bei ihr sei. Aber dann, in der Nacht, gerade nach solchen Gesprächen darüber, daß man ‹es› eigentlich nicht braucht und daß es andere Dinge gibt, bin ich besessen gewesen davon, daß ich jetzt unbedingt einen Mann haben mußte. Und ich hab mich davongeschlichen am Vormittag, zwischen Lebensmitteleinkauf und Kochen, und hab den Ferdl besucht. Das ist ein Wahnsinniger, habe ich mir gedacht, bei dem macht es mir nichts aus, ob er schlecht von mir denkt, und ich hab den Ferdl einfach gebeten, seine Bettdecke zurückzuschlagen und mich zu befriedigen. Aber er war so ein Grobian. Mir hat nachher nur der Unterleib weh getan. Andere Erlebnisse habe ich mit ihm nicht gehabt. Und vor dem Beischlaf und nach dem Beischlaf hat er auf seinen Fernsteurer gedrückt. Sport. Ich glaube fast, er hat auch während des Akts den Fernsteurer die ganze Zeit in der Hand behalten. ‹Dreckiges Schweinchen›, hat er mir ins Ohr geflüstert. Also, es war nicht sehr animierend. Und wenn im Fernsehen vorübergehend eine Show war, hat er jede Frau, die aufgetreten ist, ein Schweinchen genannt. Ich bin nämlich auch nachts zum Ferdl geschlichen, in der Hoffnung, daß er mich befriedigt, und zur Mami hab ich gesagt, ich gehe in die Oper. Weil sie sich ohnehin nichts aus Musik macht, hat sie mich nie gefragt, wie es war. Sie ist auf ihrem Sofa gelegen und war mit Leib und Seele irgendwo in Tibet. Der Ferdl hat sich immer gewundert, warum ich mich für ihn so schön anziehe. Durch den Ferdl hab ich dann den Karl kennengelernt, einen Sänger, immer arbeitslos, ein Genie, ganz verkannt, so wie der Paul, wenn er keine Rolle hat, du kennst das ja.»

Mehr sagte Johanna von Paul nicht.

Luise las die kleine Zeitungsnotiz, in der berichtet wurde von einer sogenannten Freßsucht.
«Schon 500 000 Deutsche leiden an der Freßsucht», stand da in fetten Buchstaben. Darunter: Mainz. «Eßstörungen mit Suchtcharakter» würde die neueste Krankheit der Deutschen genannt. Fünfhunderttausend Menschen seien von ihr befallen.
In dem Artikel stand zwar «betroffen», aber Luise war bereits daran gewöhnt, daß die Zeitungsmacher falsche Wörter benutzten für das, was sie meinten.
Vor allem jüngere Frauen, so stand in dem Zeitungsabschnitt, den ihr Johanna auf dem Felsenhof zugesteckt hatte, ins beschriebene Papier hineingetan, lebten in einem «ständigen Wechsel von Fasten und Fressen».
«Nach krankhaften Eßanfällen setzen Schuldgefühle ein, die viele Betroffene dazu veranlassen, Erbrechen einzuleiten. Die psychischen Folgen führen oft zu Tablettensucht.»
«Und Heroinsucht» stand in Johannas schwarzer Handschrift dabei.
Luise wollte den Artikel wegwerfen. Sie fand den Papierkorb nicht gleich, drehte den Zettel um, und auf der Rückseite las sie: «…hatten ein Staatsoberhaupt, einen Oppositionsführer, 400 diplomatische Exzellenzen und elf Außenminister so viel geschwitzt wie an diesem schwülen

Abend im Bundeskanzleramt. In diesem Treibhausklima
– die Fenster mußten aus Sicherheitsgründen geschlossen
bleiben – verging den Herrschaften sogar der Appetit auf
Leckerbissen des Monsterbuffets vom Demel. Der Empfang begann, als die beiden Stars des Abends noch heftig
in –»
Luise konnte die zweite Spalte der Meldung nicht mehr
entziffern. Johanna hatte das Papier so gerissen, daß nur
noch Unzusammenhängendes dastand.
«Sie simulierten die Wirklichkeit. Mit Gebrüll und verzerrten – schleuderten Handgra – und hasteten weiter, so
– Bodentruppen nach dem – erklärte der Fernsehspre –
Krieg gründlich be – klarmachen, daß die Operationen –»
Dann überflog Luise Johannas Brief, der, wie ihr schien,
nichts Neues enthielt.
...vielleicht bekomme ich heute noch einen Schokoladenanfall, so wie Du früher. Aber ich glaub nicht, denn ich
komm langsam drauf, daß weder das symbolische noch
das wirkliche Reinfressen was hilft. Ich möchte auch noch
festhalten, daß ich mich erinnere, auch wenn ich auf
H oder O-Tee und Tabs war, oft traurig gewesen zu sein,
aber es war eine andere Traurigkeit, gewissermaßen eine
angenehme Melancholie, und die Traurigkeit jetzt tut
weh, verdammt weh sogar...

Liebe Luise!
Freitag, halb sechs Uhr früh.
Ich habe die ganze Nacht von Pumpen und H geträumt, von Beate und Hedi, von einem «Tausenderpackl», von der heiligen Handlung, sich einen Hacker zu drücken, und ich hab mir viele Hacker gedrückt, aber komischerweise keine Wirkung gespürt. Im Traum spüre ich nie die Wirkung des Heroins.
Ein Briefchen mit soviel Heroin, wie man für tausend Schilling bekommen kann. Im Traum. Ich könnte mir genausogut ein Mischpulver hineinhauen.
Zum Schluß war ich in der Donaustadt, in der ich als Kind gewohnt habe, wollte dort übernachten, meine Mutter war fort, in Sankt Kathrein. Im Traum wohnte sie in der Donaustadt. Sie kam jedoch in der Nacht mit Tante Betty plötzlich aus Sankt Kathrein zurück, gerade als ich mich selbst befriedigte.
Es kostet mich große Überwindung, das zu schreiben. Ich war wütend, mich in ihrer Wohnung zu befinden. Schließlich beschloß man – meine Mutter und Tante Betty –, mir ein Notbett zu bauen. Ich packte jedoch wütend meine Sachen und wollte in meine Wohnung zurückkehren. Schweißgebadet wachte ich auf. Die einzige Sorge im Kopf: wie ich die Pumpe aus dem Badezimmer schmuggeln sollte.

Gestern nachmittag kam noch ein Typ, von dem ich zuerst glaubte, er sei auch wegen dem Gift da. Aber als Maria, das Jesusmädchen, er und ich plauderten, stellte sich heraus, daß er wegen einer Mikrokamera, die er, wie er meint, in seinem Hirn hat, die aufnehmen und aussenden kann, da ist. Die ihm nach einem Autounfall bei seinem Spitalsaufenthalt eingebaut wurde.
Nach dem Aufwachen war ich sehr unglücklich, hier zu sein. Ich fühle mich ungerechterweise hier. Und ich frage mich die ganze Zeit, warum ich so traurig bin. Besonders in der Früh. Hier zu sein, obwohl es hier ja gar nicht so schlecht ist, in mancher Beziehung. Es ist einfach, glaube ich, weil ich mich hier zu unrecht fühle. Eigentlich müßten meine Eltern hier eingesperrt sein.
Ich habe plötzlich ein großes Bedürfnis, Dich anzurufen, Luise, aber ich möchte um diese Uhrzeit den Pfleger nicht sekkieren, mir aufzusperren.
Ich fühle mich erschöpft und krank. Am liebsten würde ich im Bett bleiben, mich nicht waschen, mich nicht kämmen, nur schlafen, schlafen und nochmals schlafen.
Das verbietet mir jedoch meine Erziehung, die mir suggeriert zu funktionieren, mich dieser Krankenhaus-Narrenhausordnung anzupassen, aufzustehen und mich herzurichten, herumzusitzen und aufs Frühstück zu warten oder auf Erich oder Irene, wieder herumzusitzen und aufs Mittagessen zu warten, herumzusitzen und auf den Drogenspaziergang zu warten.
Heute ist schlechtes Wetter und eine fürchterliche Stimmung. Ich habe auch bereits einen Rüffel kassiert von Gerlinde. «Und Sie, Fräulein Johanna, geht das überhaupt nichts an.»
Weil ich versucht habe, zwischen Maria und Schwester Erna, die eigentlich okay ist, zu vermitteln. Maria war

unglücklich, weil sie in der Früh aufgeweckt und aus dem Bett geschmissen wurde, obwohl sie wegen der vielen Spritzen noch schlaftrunken war. Sie weinte, weil sie die vielen Spritzen bekommt. Sie fuhr die Schwester etwas rüde an. Na ja. Und so weiter. Aber wenigstens komme ich jetzt zu dem Punkt, eine wichtige Kritik anzubringen: Warum kann man nicht alle Drogenpatienten auf einen eigenen Wartepavillon für Giftler geben? Wo doch einige Pavillons leerstehen und sich alle Giftler, die allein auf ihrem Pavillon auf den Einser warten müssen, unverstanden fühlen?
Wir haben den Erich schon mehrmals gefragt. Der zuckt nur immer die Achseln: «Das stößt auf organisatorische Probleme.»
Irene sagte: «Gerade hier kannst du beweisen, daß du stolz genug bist, daß du den Willen hast, trotz der miesen Atmosphäre hier mit den Drogen aufzuhören.»
Ich möchte sie am liebsten alle anschreien: Ich bin aber nicht stark. Ich weiß auch gar nicht mehr, ob ich aufhören will. Das einzige, was ich weiß, ist: Ich will hier raus!
Beim letzten Drogenspaziergang war Erich ziemlich angefressen. Als er uns alle eingesammelt hatte, sagte er, daß Andy einen Perlabsturz (Perdomaltabletten) hatte und total zu auf seinem Pavillon sei. Andy hatte einmal erzählt, daß er früher schon, in Mödling, auf dieser anderen Therapiestation, kiloweise Abführmittel genommen hat, um nur ja nicht zuzunehmen. Nun, das kommt mir bekannt vor, da ich diese Sucht ja auch von mir kenne.
Überhaupt stellt sich uns ein Problem, unter dem wir alle leiden: körperliche Krankheit. Und unsere Angst davor. Aber auch gleichzeitig unsere Flucht da hinein in Zusammenhang mit unserem Drogenkonsum.
Aber noch einmal zu Andys Perlabsturz: Erich war des-

wegen angefressen, weil er den Verdacht hatte, daß einer
von uns, speziell Harry, dem Andy die Perdomal gegeben
haben könnte. Was Harry aber verneinte.
Es ist komisch. Bei jedem Drogenspaziergang ist nur ein
Restbestand von ein, zwei oder drei bekannten Drogenma-
xeln dabei. Und sonst lauter Neuzukömmlinge. Die meisten halten es hier nämlich nur ein oder zwei Tage aus.
Dann gehen sie wieder, weil sie es nicht mehr ertragen, und
nur wenige bleiben. Weil sie darin eine Chance für sich
sehen. Vielleicht? Wahrscheinlich? Sicher? Die einzige
Chance, wenn es überhaupt eine gibt.
Frisbyspielen: Beim Spazierengehen wird auch Wert auf
körperliche Betätigung gelegt. Ich habe das Ballspiel
immer gehaßt, weil ich Angst habe vor dem Geschoß, das
auf mich zugeflogen kommt und das ich nicht fangen
kann.
Der widerliche Therapiepfleger Pribisl – ich nenne ihn
spaßeshalber Motivationspfleger, weil er in der Beschäftigungstherapie lächerliche Versuche macht, mit kaputtem
Zeichenmaterial herumzuklecksen, mit scheußlicher zuk-
kerlrosa Wolle sinnlose Strickerei- und Häkelarbeiten zu
beginnen – ruft zur Frühgymnastik, schreit durch den
ganzen Pavillon: «Fräulein Johanna, Fräulein Johanna,
Beschäftigungstherapie!»
«Ich geh auf den Balkon. Ich brauche frische Luft!»
«Nix da, kommen S' zu uns her, daß ma olle beinanda
ham. Sie brauchn ka Extrawurscht.»
«Nein. Ich brauche frische Luft.» Du blöder Trottel, du
eingebildeter weißer Riese.
Der Emminger, der kriecht mir nach. Er kommt auf den
Balkon heraus. Er will mich streicheln und abtasten. Mit
seinen Worten: «mir schöntun». Ich habe mich über-
wunden, mit ihm Frieden zu schließen, obwohl er mir

widerlich ist mit seinem Keuchen, mit seinem
Schnaufen.
Himmel, gibt es hier keinen Winkel, um sich abzusondern
am Vormittag? Ich will ja nur meine Ruhe haben vor
diesen verdammten Narren. Ich schreibe das absichtlich.
Weil ich in diesem Moment nur mitleidlos verdammte
Narren in all den Leuten sehe. So wie meine Mutter in mir
vielleicht eine verdammte Wahnsinnige sieht.
Zurück zum Frisbyspielen: Nun erkenne ich aber, nach
und nach, daß es nicht unbedingt sein muß, davonzulaufen, wenn man vor etwas Angst hat. Sondern, daß man
der Sache, in diesem Fall dem Ball, der Frisbyscheibe, ent-
gegentreten kann. Es ist wohl eine Art von Kampf, die
Scheibe mit Geschick zu überlisten. Und zu fangen. Und
langsam beginnt das Spiel mir sogar Freude zu machen.
Ob es sich mit dem Leben auch so verhält? Ob das Leben
auch ein Geschoß, ein Ball, eine Frisbyscheibe ist, die auf
einen zugeflogen kommt und die man mit Geschick überlisten kann?
Aber nun hat eben jeder Mensch auch seine eigene Art
und Weise zu reagieren. Also entsprechend seinem Cha-
rakter zu kämpfen. Listig oder geschickt oder diplomatisch. Sich durchzuschmuggeln. Oder davonzulaufen.
Aber wenn man vielleicht lernen kann, alle Mög-
lichkeiten, also den Kampf, die List und Diplomatie und
die Flucht zeitweise einzusetzen, vielleicht kann einem
das Leben dann zeitweise zumindest Freude bereiten, so
wie das Frisbyspiel.
Langsam habe ich gelernt, die Scheibe manchmal zu
fangen und mich darüber zu freuen oder aber zu akzeptieren, daß ich sie nicht fangen kann und das auch zuzu-
geben und mich nicht dafür zu genieren!
Ich habe mich den Großteil meines Lebens für irgend

etwas geniert: meine Krautstampfer, meine struppigen
Haare, meine Schneckerln, meine zwei Linken, meine
Links-rechts-, überhaupt Ort-Unorientiertheit. Und ich
sehe, daß es auch den anderen Giftlern so geht, und deshalb fühle ich mich bei ihnen geborgen.
Wenn mir beim Spielen warm wird, erkenne ich, daß man
zeigen muß, was man fühlt.
Die Burschen ziehen ihre Leiberln aus, und man sieht
manch recht künstlerisches, manch recht laienhaftes,
aber rührendes Gemälde auf ihren Oberkörpern. Fast alle
sind gepeckt, also tätowiert. Abgesehen von den drei
Punkten zwischen Daumen und Zeigefinger – die drei
Affen: nichts hören, nichts sehen, nichts sprechen – sieht
man Yin-Yangs, Oms, Mädchennamen, Daten, Tiger,
Schlangen, Herzen, Mädchenköpfe und Gestalten,
Totenköpfe, Kreuze, Ketten mit schweren Kugeln dran.
Auch mein Klaus ist gepeckt, auf dem Oberkörper hat er
ein Segelschiff, auf dem linken Arm einen Panther, auf
der Hand die drei Punkterl und ein Yin-Yang.
Manche Fresken sind in bunten Farben, manche nur
schwarzweiß, also blau-hautfarben, manche bis ins Detail
ausgefeilt, manche unfertig.
Ich habe einmal den Walter gefragt: «Was war am
1.5.74?»
Dieses Datum ist nämlich in Rot, Grün und Blau längs
über seinen ganzen Oberarm gemalt, und er antwortete
mir: «Da hab ich mei Oide, die Sybille kennengelernt; die
ist jetzt in Mödling und geht scho hackln.»
Der Walter möchte auch nach Mödling, muß aber noch
etwa einen Monat warten, bis er zu seiner Freundin
Sybille darf.
Es fällt mir auf, daß fast alle Giftler eine überstarke Sehnsucht nach einer monogamen Partnerbeziehung haben.

Entweder nach einer bestimmten Freundin oder einem
Freund, so wie ich nach meinem Klaus, oder einfach nach
einer Beziehung, die es noch nicht gibt. Also eigentlich
eine sehr bürgerliche Vorstellung, und ich erinnere mich
wieder, wie auch mein Klaus immer das Bedürfnis hatte,
straight, normal, das Gegenteil von ausgeflippt oder
freakig, auszuschauen und sich über meinen Freak-
gwandltick lustig machte. Also wollen viele Giftler nicht
auffallen, sich anpassen, funktionieren, so wie ich, seit ich
folgende Einstellung habe:
Scheißheroin, es macht kaputt, es ruiniert Körper und
Seele, Scheißtabletten, Scheißchemie. Diese Drogen sind
unnatürlich und phantasielos, aber Heiliges Haschisch –
du wunderbare, inspirierende, homöopathische Medizin.
Da kreuzen sich Baudelaires Ansichten und meine. Denn
Baudelaire meint, daß das Haschisch (Shit, Kitt,
TeHaCe) für die Psyche, lange Zeit genossen, viel schäd-
licher ist als Alkohol.
Ich bin mir beim Alkohol sehr unsicher, habe dazu eine
sehr ambivalente Einstellung, jetzt aber auch zu Opiaten.
Aber ich bin noch nicht soweit, daß ich für immer sagen
könnte: Scheiß-O, mit dir will ich nichts zu tun haben.
Zu viert beim Frisbyspielen: der Erich, die Irene, der
Thomas und ich. Als ich bereits ziemlich schwitzte, habe
ich mich gestern aus dem Spiel ausgeklinkt und mich einfach zu Walter und Harry auf das Bankerl im Schatten
gesetzt. Beide rauchten filterlose, sehr starke Zigaretten,
und ich gestand ihnen, daß mir Zigaretten nicht mehr
schmecken, seit ich nüchtern bin, daß sie mich zittrig
machen, meinen Kreislauf belasten.
Und als Harry sagte: «Na, sei froh, dann hör auf zu rauchen, ich wär froh, wenn ich's könnte, da tät ich mir viel
Geld ersparen», überlegte ich mir wieder, wie viele sinn-

lose Dinge ich eigentlich in meinem Leben gemacht habe, immer noch mache und wahrscheinlich immer machen werde, nur um nicht aufzufallen, um genau zu sein wie die andern, weil ich mich geniere, anders zu sein.
Das betrifft auch meine Sprache: Mit meiner Familie rede ich eigentlich Hochdeutsch oder Schönbrunner Wienerisch, mit den Drogenleuten hingegen in einer abgefuckten Szenensprache. Wir haben uns ja auch darüber einmal unterhalten, Luise. Es war lustig, wie der Walter plötzlich sagte: «Also, das möcht i ma a ogwuhna, den ogfacktn Häfn-Släng, wäu mit meine Freind aus Deitschlond red i eigentlich gonz ondas, eigentlich fost noch da Schrift. Oiso, des feut mi original oh, des schiache Wienerisch.»
Wir sind damals auf dieses Thema gekommen, weil ich gesagt hatte: «Von hier siecht ma den dritten Bezirk, wo i wohn.»
Und der Walter drauf: «I kumm a ausn Fasoviadl (Fasanenviertel).» Ich mußte ihn mehrmals bitten zu wiederholen, von wo er kommt.
Dann kamen wir drauf zu sprechen, was für sprachliche und kulturelle Unterschiede zwischen der Bevölkerung, den verschiedenen Regionen und Himmelsrichtungen eines Landes bestehen, und ob das überall so ist, daß die Wiener Bazis über die Burgenländer Burgenländer- und Mostschädlwitze machen und die Hessen die Bayern verachten, und die Sikhs mit den Hindus in Streit leben.
Ich mußte mich sehr bemühen, mich auf das Gespräch zu konzentrieren und mich nicht auszuklinken, weil ich wieder deprimiert wurde und zum Hirntschechern begann.
Als alle genug vom Frisbyspielen hatten, setzten sie sich zu uns. In einiger Entfernung waren einige andere

Patienten vom Felsenhof, richtige Hirnschüßler, Verrückte, Spastiker und eben Leute, denen man ihre Verrücktheit schon von weitem ansah, weil sie sich ganz anders bewegten, lallten, sich eben verrückt verhielten.
Ich bin mir der Diskrepanz bewußt, wenn gerade ich mir anmaße, diese Leute wegen ihrer Gebrechen zu verachten oder unsympathisch zu finden. Sie sind arm und krank. Ich verachte sie ja auch gar nicht, aber ich kann nichts dafür, daß sie nicht anziehend auf mich wirken. Ich habe einfach Angst vor ihnen. So wie meine Tante Betty oder meine Mutter vor mir, wenn ich, außer mir, wahnsinnig, drüber bin.
Wahrscheinlich gibt es verschiedene Stufen des Wahnsinns, so wie bei Wedekinds «Liebesleiter», und jeder Mensch ist auf irgendeiner Stufe dieser Wahnsinnsleiter zu Hause.
Erich kam noch einmal auf den Perdomalabsturz von Harry zurück. Wir witzelten darüber, und Erich sagte plötzlich: «Ja, das ist der große Unterschied. Ihr meint's, das ist Scherz. Aber ich mein's ernst.» Und er hat dabei einen ganz seltsamen, intensiven Gesichtsausdruck gehabt.
Ich weiß aber, daß wir alle hier nur unsere Unsicherheit mit dem Schmähführen überbrücken wollen. Und wenn ich an meinen Mogadonvorrat denke, wird mir ganz unbehaglich zumute.
Nichtsdestotrotz wird mir jetzt beim Schreiben wieder mein Zittern bewußt. Ich habe deshalb schon mehrmals Schreibübungen mit der linken Hand gemacht. Trotzdem gehe ich wieder zu dem unappetitlichen Trankler Werner, um ihm seine Mogadon abzuknöpfen, die zwar eh Scherzpulverl sind – bezüglich ihrer Stärke und Wirkung –, aber dennoch einen kleinen Rückfall bedeuten,

und ich beruhige mich mit meinem Standardberuhigungssatz: Dosis facit venenum.
Dann kamen wir aufs Essen zu sprechen. Erich meinte scherzhaft zu Thomas, daß er bereits ein richtiges Bäucherl habe, zu Harry, daß er jetzt ein Bär von einem Mann sei, während man zweimal habe hinschauen müssen, um ihn überhaupt zu sehen, als er hier ankam. Und wir waren uns alle einig, daß wir auf dem Freßtrip sind: Ersatzbefriedigung.
Unser Punkie sprang plötzlich auf, sagte: «I waß ned, des Spazierngehn is a ka Außeriß mehr. Mi feut olles oh, i leg mi dann nieda, i bin miad» und legte sich etwas abseits von uns ins Gras. Er tat mir leid, wie er da lag, so trotzig, mit seinen Ohren, mit mindestens zehn Flinserln, seinem schwarzen Leiberl mit Totenkopf, seiner Militaryhose und den hohen Schnürstiefeln, seiner abgefuckten Lederjacke, auf der noch Reste von roter, grüner und gelber Sprühfarbe waren.
Es begann dann zu tröpfeln, und wir liefen durchs hohe Gras zurück zum Vierundzwanziger-Pavillon, wo sich im Erdgeschoß das Kommunikationszentrum, das Kaffeehaus, befindet. Die Atmosphäre dort bedeutet für mich immer ein richtiges Down. Ich weiß nicht, wieso, aber sie holt mich einfach runter, die Wände erdrücken mich da unten, die Leute... Erich sagte: «Es ist angenehm, durchs Gras zu laufen, findet's net?»
Und wir stimmten etwas lahm zu. Na ja, halt jetzt ganz realistisch gesehen: Gras. Und nicht einmal törnendes zum Rauchen, sondern ganz normale Wiese. Gras bleibt eben Gras, und O bleibt O.
Irene würde jetzt supergescheit sagen: Ja, mit diesen Ambivalenzen mußt du eben fertig werden und sie überwinden lernen.

Die hat eine Ahnung, die Beste. Manchmal bin ich dieser Therapieschmähs echt müde und denke mir: Das sind doch alles nur blöde Floskeln, und ich will dann nur zu sein.

Jetzt war grad die Irene da und hat mir wieder einige Hiobsbotschaften überbracht: daß aus dem Laufen wieder nix wird; daß am Einser-Pavillon noch kein Termin für mich vorgesehen ist; daß wir am Nachmittag nicht spazierengehen, weil Freitag ist, und da sind sowohl sie wie auch der Erich nur bis zwei Uhr da; daß ich die Medikamente reduzieren soll.

Und plötzlich sage ich ganz aggressiv: «Heast, Irene, i laß mi net häkeln, gestan hob i original überlegt, ob i mi ned hamdrahn soll. I daschupf den Vierundzwanziger-Pavillon nimmer lang – die Feiertag und Wochenend san a Horror!»

«Ja, Johanna, das sind halt die notwendigen Übel, diest in Kauf nehmen mußt, wannst wirklich am Anser kommen willst.»

Nach einigem Hin- und Heragumentieren geht sie wieder, die Beste, und ich lege eine kleine Pause ein, um mir die Zähne zu putzen und Socken anzuziehen, da es heute ziemlich frisch ist. In den Spiegel schau ich auch und sehe, daß ich Riesenkeks, große Pupillen, hab. Die Mogadon sind auch für Orsch und Hugo.

Beim Mittagessen hab ich mich zur Maria gesetzt. Wir haben beide mit Todesverachtung die grausliche Käse-Krainerwurst gegessen, nur damit wir nicht unangenehm auffallen. Da fiel mein Blick auf eine Illustrierte, die zufällig aufgeschlagen auf dem Tisch lag und einen Junkie zeigte, der sich Heroin spritzt. Ich legte die Zeitschrift weg mit den Worten: «Ich kann das nicht sehen, da krieg ich schon wieder eine Gier.»

Da hat die Maria etwas sehr Wichtiges gesagt: «Schau, du hast das längst überwunden, weil du keine Angst mehr davor hast. Du brauchst das nicht mehr, weil es nichts Neues mehr für dich ist. Und es wartet noch soviel Neues auf dich.»

Liebe Luise!
Erkenntnisse: Freitagabend. Die Mohnnudeln ein
Horror. Ich habe sie gegessen, weil es Mohn-Nudeln
waren, aber trotzdem habe ich sie kaum hinunterge-
bracht, es waren nämlich Fleckerln mit einer Prise Mohn,
und vom Gerhard, dem Pfleger, habe ich mir eine Über-
dosis Zucker draufgeben lassen.
«Mein Gott, bist du a siaßes Kind.»
«Najo. Hopp oder tropp.»
Den Gerhard mag ich. Er gefällt mir. In ihn könnte ich
mich verlieben. Aber des spüts net, da wird nichts
draus!
Da Da Dadada – didididi-dudududu-dadadada –,
ich singe und pfeife indische Meditationspsalmen.
Gemischt mit Tschaikowsky. Ich sitze am Fenster und
starre in den Regen. Ridschi streitet mit mir wegen des
verdammten Dominals. Ich will das blöde Neuroleptikum
nicht nehmen.
Liebe Luise, es ist immer nur der Einstieg, der einen
antörnt, oder zumindest meistens. Egal, ob Speed, Opiat,
Musik, Kreativität, Kommunikation, Törn jeder Art,
Leben an sich und für sich und an und für sich, Liebe,
Erotik, Sex – der Ausklang ist deprimierend und frustrie-
rend.
Aber vielleicht ist das nicht unbedingt so. Vielleicht

ist das zu ändern? Indem man aus dem Frust eine Erkenntnis zieht und ihn das nächste Mal überlistet? Was meinst Du?

Am Sonntag nachmittag fuhr Luise mit Hugo aus der Stadt hinaus. Sie hatten ein Buch von Nietzsche mit, «Die fröhliche Wissenschaft». Sie lagen auf einer Decke, die sie auf die Wiese gebreitet hatten. Susi schlief im Schatten ihres Schirms.

Das Gras stand hoch. Vorher hatte Hugo in der Wohnung seiner Großmutter die Blumen gegossen. Dann hatten sie gesungen, und er spielte dazu auf einem Flügel. Er spielte ziemlich virtuos, sehr laut. Auch mit Gefühl. Sie aber dachte an Paul und ließ sich dabei von Hugo vorlesen, ließ sich von ihm küssen.

«Ich muß mit dir schlafen», sagte Hugo. «Ich muß. Ich muß.» Sie weigerte sich nicht. Und es war ja mit ihm gut. Und sie würde mit Paul ganz bestimmt in der nächsten Woche, wenn sie ihn bei Johanna traf, noch nicht schlafen. Es war zwischen ihnen viel zu vieles ungeklärt.

Sie wollte nach Hause, von der Wiese weg, früher, als es Hugo lieb war, um sich in der Küche nützlich zu machen und beim Kochen an Paul zu denken.

Eigentlich hinterging sie Hugo. Es tat ihr weh. Auf einmal liebte sie ihn.

Sie überlegte, was sie Paul beim Wiedersehen alles sagen würde: Es tut mir so leid um dich, bitte, seien wir gut miteinander, auch wenn du mich nicht liebst, sei mein Freund wenigstens, rede mit mir.

Es würde sehr schwer werden.

Während sie die Spaghetti hielt und darauf wartete, daß das Wasser heiß wurde, betete sie wieder. Lieber Gott, hilf mir bei allem, was sein wird. Gib mir die richtigen Worte ein. Ich möchte dem Hugo gerecht werden und dem Paul auch. Den Paul gewinnen. Als Freund.

Am Abend, spät, nachdem sie gegessen und Susi ins Bett gebracht hatte, bildete sie sich ein zu wissen, daß Paul nie kommen und auch nicht mehr anrufen würde. Sie ermahnte sich: Laß nicht los. Wenn du nicht daran glaubst, wird es nicht wahr.

Eigentlich hatte sie Johanna immer beneidet. Aber worum? Sie dachte nach. Johanna war schön, und sie konnte sich ja, wenn sie den Entzug durchstand, aus allen Drangsalen befreien. Worum aber war Johanna zu beneiden? Luise wollte nicht in ihrer Haut stecken. Nur, die Kindheit.

Johanna mochte eine noch so unglückliche Kindheit bei Olga gehabt haben, aber sie hatte viele Jahre mit Paul verbracht. Neben dem kleinen Paul.

Luise hatte sich sofort, als sie mit Paul zum ersten Mal schlief, gewünscht, von ihm zu erfahren, wie er als Kind gewesen war.

Liebe Luise!
Das mit dem Whisky war im wahrsten Sinn des Wortes eine Schnapsidee, Luise, eine Schnapsidee von mir, meine ich. Also, vom Alkohol bin ich geheilt, komplett, und zwar aus drei Gründen. Erstens, weil ich seit drei Uhr früh solches Kopf- und Magenweh habe, daß ich mich schließlich um fünf Uhr früh unter die heiße Dusche gestellt habe, für eine Viertelstunde, dann das kalte Wasser aufdrehte und auf mich herunterprasseln ließ, aber das hat auch nicht viel geholfen. Ich fühle mich hundselendig und fürchte, daß ich heute nicht viel zustande bringen werde. Zweitens, weil gestern ein Alkohol- und Valium-Abhängiger eingeliefert wurde, der jetzt gerade zum Zittern angefangen hat wie ein Lamperlschwaf – wie bekannt mir dieses Zittern ist – und ich solche grauenvolle Angst vor den Epis habe. Drittens, weil ich mir vorhin durchgelesen habe, was ich gestern in meinem Rausch geschrieben habe, und weil ich mir da unsympathisch bin. Außerdem bin ich sehr nachdenklich. Denn ich habe gerade einen Artikel über Tablettensucht in einer Zeitschrift gelesen, und irgendwie kommt es mir vor, als ob das alles nicht Zufälle, sondern Fingerzeige vom lieben Gott sind, so quasi als Warnung.
Der Neue mit dem Valium und mit dem Alkohol hat mir vorher erzählt...

Frühstück, ich muß unterbrechen.
Es herrscht heute eine beklemmende Atmosphäre. Draußen ist es regnerisch und kühl, daher sind in den Tagesräumen alle Fenster geschlossen. Mißmutige Gesichter. Der eine klopft mit der Hand nervös auf den Tisch, die andere zappelt mit den Beinen, ein dritter wippt mit dem Oberkörper vor und zurück, vor und zurück.
Ich saß zusammen mit Maria, dem Jesusmädchen, und Franz, dem Typ mit der eingebauten Mikrokamera, an einem Tisch beim Frühstück.
«Guten Morgen.»
Maria fragte: «Hast du schon geduscht?»
«Ja, ich hab nicht mehr schlafen können.»
«Wir sind so unruhig und unsicher und müde. Wir wollen diese Medikamente nicht. Aber vielleicht machen sie uns gesund.»
Franz konterte: «Also, ich weiß nur eins. Wie ich da hergekommen bin, war ich normal. Jetzt bin ich ein Psycherl.»
Seine anfängliche Euphorie ist also schon vergangen. Als er gekommen ist und ich gesagt habe, daß ich heimgehen will und daß mich das hier anstinkt, hat er noch gesagt: «Schau dir doch den schönen Baum an.» Und: «Ich bin auf Urlaub hier. Was willst denn, da is eh leiwand.»
Und gestern hat er mich bereits gefragt, ob man am Portier so ohne weiteres vorbeikommt, er wolle wahrscheinlich abhauen.
«Das Essen hier ist auch so ungesund. Alles ist so leer», kritisierte Maria.
Sie stand auf und brachte Erdbeeren und eine Banane. Aber niemand bediente sich. Lustlosigkeit. Maria nahm angeekelt eine verschimmelte Erdbeere aus dem blauen Plastikkörberl und legte sie in den Aschenbecher.
Die Tabsfrau sagte: «Schmeiß sie in den Mistkübel.»

Maria stand auf, ging zum Sofa und rollte sich wie ein
Igel zusammen.
Joe, der Pfleger, kam mit der Giftkutschn.
Ich murmelte nur: «Scheißtabletten.»
Dann rief mich die hantige Schwester Gerti, die heute
Dienst hat: «Fräulein Johanna, was soll denn die Sauerei
da? Räumen S' gefälligst Ihre Sachen in den Spind. Sie
wissen eh, daß sonst alles Fiaß kriagt.»
«Schwester Gerti, ich komm schon. Ich wollt eh zamm-
räumen, nach dem Frühstück.»
«Nach dem Frühstück wird zuagsperrt, des wissen S' a
gonz genau. San jo net des erste Moi do, net? Und long
gnua a scho!»
Ich dachte mir: Du kannst mich mal, du blöde Ziege,
rannte ins Zimmer mit dem halbvollen Kaffeehäferl in
der Hand, lächelte die Schwester falschfreundlich an und
begann, meine Sachen in den Spind zu schmeißen.
Anschließend packte ich mein Schreibzeug und ging auf
den Balkon.
Es ist zwar recht kühl hier, aber drinnen stinkt's, und das
Radio plärrt mit voller Lautstärke.
Franz kommt auch heraus und sagt: «Da muß ma scho a
Gemüt haben, um das auszuhalten. I glaub, i pasch
ab.»
Ich frotzle ihn, weil er den Felsenhof am Anfang so «lei-
wand» gefunden hat. Franz springt auf und rennt hin und
her, schnappt sich dann einen Liegestuhl und setzt sich,
laut seufzend, hinein.
«Geht's dir echt so orsch?»
«Des kamma sagn!»
«Na ja, mir hilft auch nur das Schreiben. Wahrscheinlich
bin ich jetzt schreibsüchtig.»
Werner, der Trankler, ist gerade herausgekommen, um

mir seine Tabletten zuzustecken. Als ich sie ablehne, sagt er: «Najo, i heb's auf, bistas wieder wüst. Bei deine Wanklmiadigkeit. Amoi bleibst do, amoi gehst ham, gestan wüst wos zum Saufen, heit graust da.» Ich habe ihm nämlich den Whisky geschenkt. «Gestan rennst ma noch wegn die Tabletten, heit wüst as wieda net.»
Er hat die Flasche auf einen Zug ausgetrunken und sie anschließend in hohem Bogen über den Zaun geschmissen. Angewidert sagte ich: «So was nennt man Umweltverschmutzung.»
Ich schwöre mir, nie wieder Alkohol zu trinken. Ich vertrage diese Droge nicht, und ich will nicht so werden wie der Werner. Dazu fällt mir ein Zitat ein: «Nichts gleicht der Freude des Menschen, der trinkt, außer der Freude des Weines, getrunken zu werden.»
In der Tat spielt der Wein eine so intime Rolle im Leben des Menschen, daß es mich nicht wundern würde, wenn, von pantheistischen Ideen verführt, einige vernünftige Geister ihm eine Art Persönlichkeit zusprächen. Wein und Menschheit scheinen mir zwei Ringkämpfern zu gleichen, die ohne Unterlaß ringen und sich immer wieder versöhnen. Immer umarmt der Besiegte den Sieger.
Die Frau Steininger, die schon seit drei Uhr früh auf ihrem Sessel im Winkerl sitzt, neben dem Ö-Regional, schnauzt mich nun schon zum zweiten Mal an, die Tür zum Balkon nicht offenzulassen. «Heast, du Trutscherl, moch gefälligst die Tia zua. Da ziagt's jo wie in an Voglhaisl. Sonst hau i dir den Popsch aus!»
Die ersticken hier lieber in ihrem blauen Dunst und in ihren eigenen Körperausdünstungen.
Oje, jetzt kommt wieder der Ivo, mit seinem «Du bist die schönste Frau der Welt» und stört mich beim Schreiben. Aber ich habe ihm jetzt gesagt, daß er mich in Ruhe lassen

soll, wenn ich schreibe, und er wendet sich nun Maria zu, die gerade die Blumen gießt.

Maria sagt: «Schau, Ivo, du kannst mir helfen. Bringst du mir bitte ein Wasser?»

«Na. I wü ned.»

«Schau, warum bist du so eigennützig. Du darfst nicht immer nur an dich denken!»

Ivo geht wieder hinein, und Maria gießt nun auch das Gras, das aus den Fugen des Betonbodens hier und da herausprießt.

Der Musil, der auch draußen sitzt und auf und ab wippt, meint: «Des Unkraut deafst net giaßn.»

Ich sage zu Maria: «Na, wie geht's dir jetzt? Soll ich dir helfen?»

«Nein, danke, es geht schon. Mir geht's recht gut, jetzt.»

Ich bewundere ihren Gürtel, und Maria sagt: «Das ist ein Bußgürtel. Einer trage des andern Last. Nicht umsonst bin ich hierhergekommen.» Dann fragt sie Franz, wie es ihm gehe.

Der antwortet nur: «Orsch.»

Maria versucht, ihn zu einer kleinen Arbeit zu motivieren, damit die Energie im Körper wieder zu strömen beginnt.

Jetzt muß ich aber endlich meine Unterhaltung mit dem Valium-Alk-Typ, der so gescheppert hat, weiterschreiben. Also: «Wie lang bistn schon auf Tabs und Alk?» frage ich den Franz. «Schau, i sauf scho mei Leben lang, oba seit's mei Frau umbrocht ham, sauf i fünfmal sovü wia vurher und friß zehn Zehnavalium am Tag. I hob scho drei Delirien ghobt, und da Dokta hot gsogt, a viertes tat i net üwalebn. Vom 81er Jahr bis jetzt war i scho elfmoi do, amoi mit Barriere und zehnmal freiwillig.»

«Deine Frau umgebracht?»

«Jo, des wor im 81er Jahr. In ana Diskothek. Do hot's ana mit an Feitl dastochn.»
Er begann viel stärker zu zittern, unkontrolliert hin und her zu wackeln, und auf meine Frage, was los sei, antwortete er nur: «Lauter Schmetterlinge. I siech lauter Schmetterlinge.»
Ich holte den Pfleger, der Franz ins Bett brachte.
Na ja, ein Stoßseufzer meinerseits. Ich will nicht auch so enden. Deswegen muß ich hier durchhalten. Und die Mogadon will ich auch nicht mehr.

Liebe Luise!
Vielen Dank für Deinen Brief.
Das mit dem schlechten Gewissen... Du schreibst, Luise, daß das schlechte Gewissen Dein treuer Hund ist. Das trifft genau auf mich zu, und ich kann mir nicht helfen, ich glaube, daß so etwas mit der Erziehung zu tun hat. Deine Vermutungen über Tante Betty, daß sie außer Geld eigentlich nicht sehr viel im Kopf haben kann, wenn auch ihr Charme und ihre vermeintliche Mutterliebe darüber hinwegtäuschen, stimmen. Der Paul schweigt sich über die Betty aus, die Thekla ist froh, daß sie von der Betty immer mit ein paar Tausendern versorgt wird. Die Thekla ist ein braves Mäderl, obwohl sie längst einmal kritisch auftreten hätte können. Aber die Thekla kassiert und kuscht.
Und auch alles, was Du in Deinem langen Brief – ächz! – über meinen Vater wissen willst, werde ich einmal beantworten. Momentan fällt es mir schwer, über ihn etwas zu sagen. Ich habe ihn irgendwie gern, er ist weit weg. Das ist wahr, in der Familie ist darüber geredet worden, daß er ein ungehobelter Kerl ist. Nur, mein Vater hat sich für seine Eltern irgendwie geschämt, sein Vater war Arbeiter, seine Mutter von einem Bauernhof in Znaim, sie haben ihn studieren lassen, er ist Akademiker geworden dank ihnen, hat aber später verschwiegen, von wo er kommt.

Meine Mutter hat ihm das sogar einmal vorgehalten, daß
er sich wegen seiner Eltern schämt. Meine Mutter hat
gefunden, es ist irgendwie nicht richtig, daß er seine Herkunft selbst immer wieder lächerlich macht oder so tut,
als gäbe es seine Eltern nicht. Das war aber sicher nicht
das Problem in der Ehe meiner Eltern, sondern sie haben
dauernd gestritten, weil meine Mutter sehr starre
Ansichten hat. Und mein Vater hat mich angeblich ver-
wöhnt, hat mich auf den Schoß genommen, ich habe das
bei meiner Mutter nicht erlebt, daß sie mich einfach so
einmal fest umarmt hat. Mein Vater hat das oft getan, ich
war sein schönes Mäderl. Später hat er mich sein dickes
Wuzerl oder Butzerl genannt, das hat mich sehr geärgert. Mein Vater ist sportlich, er ist stolz darauf, daß er
geistig gebildet und körperlich aktiv ist. «Mens sana in
corpore sano.» Das habe ich oft von ihm gehört. Er hat
meiner Mutter vorgeworfen, daß sie vom vielen Reisebe-
schreibungen-Lesen einen Buckel bekommt und unfähig
wird, selbst auf Berge zu steigen. Er ist viel geklettert, sie
aber wollte am Meer in der Sonne liegen. Er wollte mit
ihr auf den Großglockner, sie lieber, wenn schon, auf den
Himalaya. Sie haben immer gestritten über das, was
schöner, sinnvoller und wichtiger ist. Oder wäre. Ich
habe mir immer nur gewünscht: Einmal, zu Weihnachten
vielleicht, sollen der Papi und die Mami nicht streiten.
Und wie sie sich haben scheiden lassen, war ich froh. Ein
Psychiater hat mir damals einreden wollen, daß ich ein
Scheidungstrauma habe. Aber ich habe ihm gesagt, daß
nicht die Scheidung meiner Eltern, sondern meine dicken
Beine mein Problem sind.
Es ist nicht so, daß sich meine Mutter vor ihm geekelt
hat. Aber es hat sie gestört, wenn mein Vater verschwitzt
zum Essen gekommen ist, im Sommer. Und sie hat sich

furchtbar aufgeregt, wenn er zum Mittagessen sein Hemd
ausgezogen hat. Mit nacktem Oberkörper wollte er sein
Schnitzel essen. Sie hat dann betont, daß ihr ein Mann,
mit dem sie vierhändig Klavier spielen könnte, lieber
wäre. Dabei, mußt du bedenken, hat sie selbst nie ihre
Hand auf ein Klavier gelegt, weil sie sowieso völlig unmu-
sikalisch ist. Meine Mutter ist ein Buchhaltergeist, und
mein Vater spielt sogar Flöte.
Also, das stimmt schon, das, was Du schreibst, daß
irgendwie alles ganz eigenartig war. Gescheitert ist die
Ehe meiner Eltern meiner Meinung nach aber daran, daß
er Süden sagte, sie dann aber nach Norden wollte. Ich
habe das jetzt umschrieben. Wenn mein Vater «eckig»
sagte, mußte sie «rund!» rufen. Das ist die Natur meiner
Mutter. Ihm gegenüber war sie jedenfalls so, deswegen
habe ich mir schon mit neun oder zehn Jahren gedacht,
sie passen überhaupt nicht zusammen. Und ich habe mir
das sogar gewünscht, wie ich «Scheidung» begriffen
habe, und daß manche Leute sich «scheiden» lassen,
na ja, da habe ich mir vorgestellt, was wäre, wenn ich zwei
Wohnungen hätte: den Papi in einer und die Mami in der
anderen. Und beim Papi darf ich so sein, wie er mit mir
zufrieden ist, bei der Mami bin ich dann so, wie sie es
will. Du mußt bedenken, ich war ja oft beim Paul und bei
der Thekla, und die Eugenie war auch irgendwie meine
zweite Mutter, und ich war ja gewöhnt daran, daß zwischen zu Hause und zu Hause ein paar Straßenbahnsta-
tionen liegen. Und so war ich dann bei meiner Mutter
daheim, beim Papa zu Hause, bei der Eugenie war ich
froh.
Jetzt habe ich mir doch das Zimmer aufsperren lassen,
um alles hineinzutragen, und natürlich ist mir in meiner
Schußligkeit eines der Nescafé-Packerln, die du mir

gebracht hast, hinuntergefallen. Der Pfleger Joe, der hinter mir ging, hat es aufgehoben und mir mit den Worten «Ich bin unbestechlich» überreicht.
Im Zimmer ist es kalt, und ich will das Fenster schließen. Es geht aber nicht, da ich dazu so einen Vierkantschlüssel, den nur das Pflegepersonal hat, brauchen würde. Also wieder zum Pfleger gehen und bitten. Da sehe ich den Niki, den Mann von der Marie, draußen vorbeigehen. Er sagt «Servus», und ich freue mich, daß er mich wie einen normalen Menschen behandelt.

Unter den Reklamezetteln fand Luise noch einen Brief. Er war schneeweiß mit schwarzem Rand. Eine Handschrift, die sie nicht kannte. Luises Namen, mit Kugelschreiber. Sie drehte das Kuvert um. Es war ohne Absender.
«In tiefer Trauer geben wir bekannt, daß unsere Mutter, Großmutter und Urgroßmutter, Frau Eugenie Klimek, geborene Schauenstein, nach langem, mit großer Geduld ertragenem Leiden, versehen mit den Tröstungen der Religion, im achtundachtzigsten Lebensjahr sanft im Herrn entschlafen ist. Die Trauerfeier findet...»
Luise fuhr es wie ein Stich ins Herz. Sie hätte doch mit Eugenie über so vieles noch sprechen wollen. Einmal mit der angeblich verwandelten, weil «verkalkten» Frau allein sein. Hören, wenn sie scheinbar unzusammenhängend redet. Zusammenhänge heraushören, lauschen. Ein Mosaik machen aus dem von Eugenie Gesagten. Männer, mitunter «sehr herrisch». Töchter, mitunter «sehr streng». Und irgendwann ein Wort vielleicht auch über die Kinder. Aber Johanna tröstete Luise, als sie im Felsenhof darüber sprachen. «Von meiner Großmutter hättest du nur gehört, daß die Seele eine amerikanische Erfindung ist.»

Ein Gedanke ging Johanna, während sie über ihren Briefen saß, immer wieder durch den Kopf.
Als sie vor einem Jahr im Winter den Paul besucht hatte, hatten sie auch darüber gesprochen, daß sie keine Lust in sich verspürte, kreativ tätig zu sein, daß sie sich nicht konzentrieren könne, daß ihr alles sinnlos und nichtig vorkomme. Paul hatte ihr Bilder gezeigt, die er in der letzten Zeit gemalt hatte und die ihr sehr gut gefielen. Und Fotos. Von sich, von anderen und von Gegenständen. Er hatte zu ihr gesagt: Johanna, mir ist es auch oft so gegangen. Ich bin oft stundenlang deprimiert über einem leeren Blatt oder einem Textbuch gesessen und dann etwas saufen oder Pizza essen gegangen, weil mich nichts gefreut hat, weil ich mir nicht einmal meine Rolle merken konnte.
Johanna hatte sich damals einsam gefühlt, unfähig, allein zu sein, etwas für sich zu tun.
Sie dachte jetzt, wie relativ das war, allein oder nicht allein sein. Eine oder mehrere «Beziehungen» zu haben. Denn jetzt hatte sie dieses Gefühl, an Luise gebunden zu sein, auch an das Schreiben. Sie war nicht mehr nur auf der Suche nach dem Märchenprinzen. Sie dachte auch viel weniger an Klaus. Sie wußte nicht, ob das gut oder schlecht war. Aber solange er ihr nicht zurückschrieb? Es war mehr als eine Woche vergangen seit seinem letzten Brief.

Ich war nicht nur gierig und süchtig, liebe Luise, schrieb Johanna, ich suchte «künstliche Paradiese», wie Baudelaire sagt, wenn ich mich berauschte, ich habe das jetzt begriffen. Vielleicht ist diese Erkenntnis schon ein Teil des Wissens, von dem Du einmal gesprochen hast.

Johanna saß auf der Terrasse. Es war Mittwoch. Paul hatte Luise noch nicht angerufen. Sie hatte es irgendwie gewußt, wartete aber wieder den ganzen Tag, horchte aufs Telefon. Als sie den Park betrat, blieb sie lange stehen, ohne Johanna zu sehen. Dann bemerkte sie, wie Johanna aufgeregt winkte. «Der Paul hat mich angerufen. Er kommt am Freitag.»

Am Freitag fuhr Luise in den Felsenhof. Sie und Johanna setzten sich wie immer auf die Terrasse. Es regnete. Warme Sommertropfen.
«Heute früh bin ich hier draußen gesessen», sagte Johanna, «und ich habe vom anderen Pavillon herüber wieder die Schreie der Frauen, die sich nicht baden wollten, gehört.»
Die Kastanienbäume rauschten.
«Meine rechte Hand zittert wieder», sagte Johanna. «Ich muß die linke nehmen und wirklich, wie du sagst, mit der linken Hand alles, was die rechte kann, vollkommen neu lernen. Vielleicht bin ich nicht süchtig. Vielleicht bin ich nur eine Linkshänderin.»
«Ja.»
«Jetzt scheiße ich echt bald drauf», sagte Johanna. «Ich bekomme einen totalen Krampf in der Hand. Weißt du, daß der Typ mit der Mikrokamera im Kopf schon abgepascht ist? Das Pfeifen in meinem Kopf wird auch wieder so arg. Meine Augen flimmern.»
Luise nickte.
«Schau, wer da kommt! Dreh dich um. Da hast du einen schönen Anblick. Was für eine nette Abwechslung», meinte Johanna plötzlich heiter.
Luise sah, wie zwischen den Bäumen eine Gestalt heraufstieg.

Es war aber nur der Ivo. Er setzte sich zu den Frauen, nahm einen Kamm aus der Hosentasche, kämmte sich und fummelte dann mit den Zinken an Johannas Locken herum. «Schleich dich!» fauchte sie. «Ich habe Besuch, das siehst du doch!»
Luise merkte, daß sie den Jungen haßte, nur weil er nicht Paul war. Sie hatte ganz fest geglaubt, Pauls Beine zu erkennen. Dann auch den Gang. Wie konnte sie, die so sicher war in ihrem Blick, sich so irren? In erbärmlicher Weise!
«Hugo wartet. Ich muß heim.» Luise konnte es plötzlich nicht mehr ertragen, Johanna gegenüberzusitzen. Sie hatte mit dieser Familie abgeschlossen.

Johanna war gekränkt, das sah Luise sofort, als sie sich von ihr verabschiedete.
Und Hugo wartete wirklich. Aber nicht in der Wohnung, sondern beim Portier.
«Es gibt vieles, was man nicht sagt, Luise. Und wir kennen uns auch noch nicht sehr lange. Aber wenn dir etwas Fürchterliches passieren würde, dann würde ich es mit dir tragen. Ich weiß nicht, was dir zustoßen könnte, ich habe nicht gern schlechte Phantasien. Aber du kannst dich auf mich verlassen. Du bist mir der wichtigste Mensch auf der Welt. Und die Susi.» Sie gingen zu seinem Auto.
«Ich liebe dich, egal, was du tust. Ich werde dir immer alles verzeihen, ganz egal, was du machst.»
«Ja?» Luise horchte gespannt weiter.
«Es gibt vieles, was ich dir nicht sage, Luise, weil ich keine großen Worte machen möchte. Aber ich bin hergekommen, um dich abzuholen, weil ich dir sagen wollte, daß ich dich liebe.»
Sie fuhren den Berg hinunter, die Ampel war rot, Hugo bremste, zu spät, er prallte mit voller Wucht auf den Mer-

cedes vor ihm. Hugo war angeschnallt, Luise flog mit dem Kopf nach vorne. Als sie sich ungläubig an die Stirn faßte, spürte sie nur seine Handfläche. Hugo hatte den Arm ausgestreckt, blitzschnell. Es war, als habe er anstatt zu bremsen nur noch Kraft darauf verwendet, ihren Kopf zu schützen. Mit dem Fuß gebremst, mit ausgestrecktem Arm die ganze Luise davor bewahrt, gegen die Windschutzscheibe zu prallen.
Ihr fiel ein, wie sie mit Paul in Italien neben einem Veroneser Taxifahrer gestanden war, der sich nicht genug beeilt hatte und die Gepäckstücke am Flughafen zu langsam herausgab. Anstatt ihn anzuschreien, schrie Paul Luise an. Sie erwog damals, sich von dem hysterischen Feigling, wie ihr vorkam, zu trennen. Aber dann dachte sie, daß ihre Wahrnehmung nicht richtig gewesen sein könnte.
Und der Paul hätte mich jetzt angeschrien, sagte sie sich. Paul würde nicht wie Hugo aufstehen, sich abschnallen, aussteigen, sich ruhig dem Lenker des Mercedes nähern, sofort alle Papiere zeigen, sich gebührend entschuldigen.
Sie legte, während Hugo und der Fremde persönliche Daten austauschten, den Gurt um.
Irgendwann mußte man sich ja binden.

Worterklärungen

abgefuckt: heruntergekommen
abpaschen: abhauen
abstürzen: Entzugserscheinungen haben
Acid: Lysergsäurediäthylamid (ruft Halluzinationen hervor)
Alk: Alkohol
angefressen sein: sehr beunruhigt sein
anglant lassen: jemand in Ruhe lassen, im Stich lassen
angschütt sein: sich idiotisch verhalten
antörnen: berauschen
aufpegeln: eine Droge mit anderen Substanzen strecken
Benzin: *chemische Kurzformel für* Benzodiazepin
checken: mit Drogen handeln
dealen: mit Drogen handeln
deppert: dumm
down sein: niedergeschlagen sein
drauf sein: unter Drogen stehen
eingeraucht: unter der Wirkung von Haschisch stehen
einschneiden: einnehmen
Eitsch: Heroin
Epi: epileptischer Anfall
Feitl: Stichmesser
fixen: sich etwas spritzen
Flinserl: Ohrring, Ohrstecker, Nasenstecker
freakig: ausgeflippt

für Orsch und Hugo sein: für die Katz sein
gepeckt: tätowiert
Gerangel: Handgemenge
Gfrast: schwieriges Kind, böser Mensch
Giftkutschn: Wagen mit Medikamenten
Giftler: Süchtiger
Guglhupf: Irrenhaus in Wien
H: *Abkürzung für* Heroin
hackeln: arbeiten
Hacker: Schuß (mit der Spritze)
hantig: resolut, gehässig
Hascherl: unbeholfenes Kind
Häfen: Gefängnis
häkeln: sich mit jemandem einen Spaß erlauben
high sein: unter Drogen stehen, gut aufgelegt sein
Hirnschüßler: Verrückter
hirntschechern: grübeln
Huscher: Macke, Spleen
Jause: Zwischenmahlzeit, Vesper
Joint: Haschischzigarette
Junkie: heruntergekommener Süchtiger
Kaffeehäferl: Kaffeetasse
Kitt: Haschisch
Klumpert: Kram, Zeug
Knaller: Beischlaf
Koks: Kokain
Kracher: Entzugserscheinung
Lamperlschwaf: Lämmerschwanz
legen: betrügen
Leiberl: Unterhemd, T-Shirt
leiwand: prima
M: *Abkürzung für* Morphium
Matura: Abitur

O-Tee: Opium-Tee
Orsch: Arsch
Popsch: Popo, Hintern
Psycherl: psychisch angeschlagener Mensch, überempfindlicher Mensch
Pulverl: Tablette
Pumpe: Spritze
Riesenkeks: große Pupillen
Sacherl: Morphium, Heroin
Sandler: Penner
Schmäh: Unsinn, Lüge
schnapseln: Schnaps trinken
Shit: Haschisch
sich auskrachen: körperliche Entzugserscheinungen bis zur Normalisierung erdulden
sich schleichen: weggehen
sniefen: Drogen schnupfen
Spe: Zigarette
Speed: Aufputschmittel, amphetaminverwandte Substanz
stoned: betrunken, betäubt
straight: normal, brav
Tabsfrau: tablettenabhängige Frau
TeHaCe: Haschisch, Tetrahydrogencannabinol
Törn: Drogenrausch
Trampel: unförmige, dumme Frau
Trankler: Alkoholsüchtiger
Tschapperl: Dummerchen
Tschusch: Ausländer, der die Landessprache nicht spricht
verbandelt sein: liiert sein
Zeug: Heroin

Brigitte Schwaiger

Brigitte Schwaigers Erstlingsroman *Wie kommt das Salz ins Meer* wurde ein literarischer Bestseller. «Wahrscheinlich liegt in ihrer erstaunlichen Fähigkeit, Charaktere und Konflikte vom Sprachlichen her zu erfassen und zu präzisieren, Brigitte Schwaigers spezifische Stärke.» *Friedrich Torberg, Süddeutsche Zeitung*
Brigitte Schwaiger, 1949 in Österreich geboren, unterrichtete Deutsch und Englisch in Spanien, malte und begann schließlich zu schreiben. Sie lebt heute in Wien.

Der Himmel ist süß *Eine Beichte*
(rororo 5749)
«Vormittags ein Klosterkind, nachmittags ein Gassenkind... Aus kindlicher Perspektive, von der Autorin streng, manchmal maliziös kontrastierend geordnet, erzählt das Mädchen Gitti von Lust und Last einer katholischen Kindheit.» *Deutsches Allgemeines Sonntagsblatt*

Liebesversuche *Erzählungen*
(rororo 12783)
Hier träumen Menschen von Liebe und Versöhnung, erleben Unterwerfung und Unterdrückung, und die Hoffnung bleibt ein Rätsel. «Meisterlich erzählt...» *Die Welt*

Mein spanisches Dorf
(rororo 4657)
Brigitte Schwaiger erzählt aus der Perspektive des Kindes von der engen und bedrohlichen Welt einer oberösterreichischen Kleinstadt.

Wie kommt das Salz ins Meer
(rororo 4324)
Verträumt und hellwach, humorvoll und verzweifelt erzählt eine junge Frau das Scheitern ihrer Ehe.

Schönes Licht *Roman*
(rororo 12983)
Der Liebes- und Erlebnisroman einer jungen Frau, deren Leben sich grundlegend verändert, nachdem sie als Schriftstellerin berühmt geworden ist - umschwärmt von den Medien, bewundert vom Publikum.

Ein Gesamtverzeichnis aller lieferbaren Bücher und Taschenbücher finden Sie in der *Rowohlt Revue*. Jedes Vierteljahr neu. Kostenlos in Ihrer Buchhandlung.

rororo Literatur

Frauen

Barbara Gordon
Ich tanze so schnell ich kann
Roman
(rororo 5083)
In diesem autobiographischen Roman beschreibt die preisgekrönte Fernsehproduzentin Barbara Gordon rückhaltlos offen ihren Weg in eine totale Valium-Abhängigkeit, die verzweifelten Versuche, sich von dieser Sucht zu befreien, verschiedene erfolglose Therapien und schließlich den endgültigen Zusammenbruch, aus dem sich erst die Hoffnung für einen Neubeginn abzeichnet. Eine Beichte, die erschüttert und betroffen macht.

Mary Gaitskill
Im Spiegel der anderen
Roman
(rororo 12577)
Die beiden jungen Frauen Justine und Dorothy sind sich bei ihrer ersten Begegnung zunächst völlig fremd. Und trotzdem entsteht zwischen ihnen eine Nähe, weil sie spüren, daß sie ähnliche tiefe Verletzungen und Entbehrungen erleiden mußten...
Schlechter Umgang *Stories*
(rororo 12541)

Mary Mackey
Aus Leidenschaft *Ein Ballett-Roman*
(rororo 13057)

Emily Listfield
Eine Liebe in New York
Roman
(rororo 12817)
Amanda und Sam wagen den großen Schritt: Sie ziehen zusammen und entschließen sich nach einigem Hin und Her zu heiraten.

rororo Romane und Erzählungen

Lorrie Moore
Leben ist Glücksache *Stories*
(rororo 12842)
Schonungslos und mit feiner Ironie deckt Lorrie Moore in den neun Erzählungen dieses Bandes auf, wie sich Menschen durch ihre Schwächen, Ängste und Verletzbarkeiten in ausweglose Situationen verstricken.

Françoise Sagan
Die seidene Fessel *Roman*
(rororo 13155)
Vincent, ein Dandy und mäßig begabter Musiker, der sich von seiner wohlhabenden Frau Laurence aushalten läßt, wird durch eine Filmmelodie plötzlich reich und berühmt.

Candia McWilliam
Die dritte Seite der Liebe
Roman
(rororo 12935)
Der Herzchirurg Lucas Salik ist ein vom Leben verwöhnter, selbstsicherer und eleganter Mann. Stets bewahrt er einen kühlen Kopf. Doch eines Tages spielt ihm das eigene Herz einen Streich - er verliert es an den jungen attraktiven Hal Darbo...

Romane

Marie Cardinal
Die Irlandreise *Roman einer Ehe*
(rororo neue frau 4806)
Ein Paar macht Urlaub in Irland. Ein grausiger Fund am Strand führt beide auf die Spur zu sich selbst. Plötzlich lautet die Frage: Wer sind wir?
Schattenmund *Roman einer Analyse*
(rororo neue frau 4333)

Margaret Drabble
Die Begierde nach Wissen *Roman*
(rororo neue frau 12763)
Die Soziologin Alix ist unterwegs zu ihrem Mörder. Liz, ihre Freundin, wird plötzlich mit Liebesaffären ihrer spießigen Schwester konfrontiert, und die Kunsthistorikerin Esther trifft auf einen nicht allzu heterosexuellen Staatssekretär. Margaret Drabble führt uns die achtziger Jahre an drei skurrilen Londoner Frauenschicksalen vor.

Toni Morrison,
Sehr blaue Augen *Roman*
(rororo neue frau 4392)
Es war einmal ein kleines Mädchen, das hätte so gerne blaue Augen gehabt – aber alle Menschen, die es kannte, hatten braune Augen und sehr braune Haut... Toni Morrison gilt als eine der größten poetischen Begabungen unter den schwarzen amerikanischen Schriftstellern.
Solomons Lied. Teerbaby *Romane*
Kassette mit 2 Bänden
(rororo neue frau 5740)

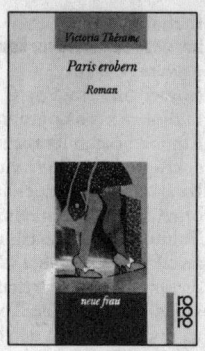

Fumiko Enchi
Die Wartejahre *Roman*
(rororo neue frau 5520)

Victoria Thérame
Paris erobern *Roman*
(rororo neue frau 12892)
Eine freche, sensible Erzählung aus dem erst neulich vergangenen Zeitalter der Sinnlichkeit.
Die Taxifahrerin
(rororo neue frau 4235)
Besser als jede soziologische Untersuchung erzählt Victoria Thérame von den Straßen von Paris und was Frauen und Männer heute voneinander halten.

Sandra Young
Ein Rattenloch ist kein Vogelnest *Eine Jugend in den Slums von Baltimore*
(rororo neue frau 5188)

rororo neue frau

rororo *neue frau* wird herausgegeben von Angela Praesent und Gisela Krahl. Ein Gesamtverzeichnis der Reihe *neue frau* finden Sie in der *Rowohlt Revue*. Jedes Vierteljahr neu. Kostenlos. In Ihrer Buchhandlung.

Ein eindrucksvolles Psychogramm einer Mutter-Kind-Beziehung

Brigitte Schwaiger
Der rote Faden
Langen Müller

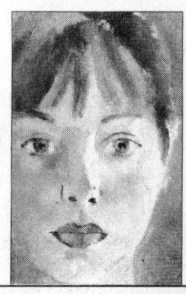

Wann im Leben einer Frau ist der richtige Zeitpunkt gekommen, sich ein Kind zu wünschen, wann ist sie fähig, diese Verantwortung bewußt zu tragen? Dieses zeitlose aber auch vieldiskutierte Thema hat Brigitte Schwaiger in einem überzeugend dargestellten, literarischen Konzentrat, durchsetzt mit einer Fülle von persönlichen Beobachtungen, auf sehr differenzierte Weise verarbeitet.

Langen Müller

Romane

Lisa Alther
Schlechter als morgen, besser als gestern Roman
(rororo neue frau 5942)
Caroline, Krankenschwester auf einer Unfallstation, täglich mit dem Schrecken konfrontiert, hat alles hinter sich und braucht selbst Hilfe. In der Psychotherapeutin Hannah findet sie eine Frau, die ihr den Blick öffnet für die Farben der wirklichen Welt.

Robyn Davidson
Vorfahren Roman
(rororo neue frau 12878)
Lucy ist eine Waise, wächst im australischen Busch auf und verfügt über glänzende Kontakte zur Geisterwelt ihrer Vorfahren, den Aborigines. Wie sie sich gewitzt durchs Leben schlägt, erzählt Robyn Davidson in einem großen, phantastischen Roman.
Spuren Eine Reise durch Australien
(rororo neue frau 5001)

Kate Millett
Fliegen Flying
(rororo neue frau 5156)
Kate Milletts persönlichstes Buch, eine genaue Beschreibung der ersten Jahre der Frauenbewegung und ein Stück Autobiographie.

Milena Moser
Die Putzfraueninsel Roman
(rororo neue frau 13209)

Ann Oakley
Matildas Fehler Roman
(rororo neue frau 13160)
Die Geschichte einer kritischen jungen Frau, die –zunächst voller Vorbehalte – dem charismatischen Chef einer Geburtsklinik begegnet...

Märta Tikkanen
Aifos heißt Sofia Leben mit einem besonderen Kind
(rororo neue frau 5166)
Die Liebesgeschichte des Jahrhunderts Roman in Gedichten
(rororo neue frau 4701)
Ein Traum von Männern, nein, von Wölfen Roman
(neue frau 5946)
Märta Tikkanen erzählt von einem Mädchen, dem die Mutter all das weitergegeben hat, was sie selbst fürchtete, und das als erwachsene Frau auf den Wolf im dunklen Wald trifft.
Der große Fänger Roman
(rororo neue frau 12806)
Wie vergewaltige ich einen Mann?
(rororo neue frau 4581)

rororo neue frau

rororo neue frau wird herausgegeben von Angela Praesent und Gisela Krahl. Ein Gesamtverzeichnis der Reihe finden Sie in der Rowohlt Revue. Jedes Vierteljahr neu. Kostenlos. In Ihrer Buchhandlung.